李天飞 著

人民文学出版社

为孩子解读

封神演义

图书在版编目（CIP）数据

为孩子解读封神演义 / 李天飞著. -- 北京：天天出版社, 2024.5
ISBN 978-7-5016-2279-5

Ⅰ.①为… Ⅱ.①李… Ⅲ.①《封神演义》—小说研究—少儿读物
Ⅳ.①I207.419-49

中国国家版本馆CIP数据核字(2024)第070193号

责任编辑：王 苗　　　　　　　　美术编辑：邓 茜
责任印制：康远超 张 璞

出版发行：天天出版社有限责任公司
地址：北京市东城区东中街42号　　　　邮编：100027
市场部：010-64169902　　　　　　　传真：010-64169902
网址：http://www.tiantianpublishing.com
邮箱：tiantiancbs@163.com

印刷：三河市博文印刷有限公司　　　经销：全国新华书店等
开本：880×1230　1/32　　　　　　印张：6.75
版次：2024年5月北京第1版　　印次：2024年5月第1次印刷
字数：121千字

书号：978-7-5016-2279-5　　　　　定价：35.00 元

目　录

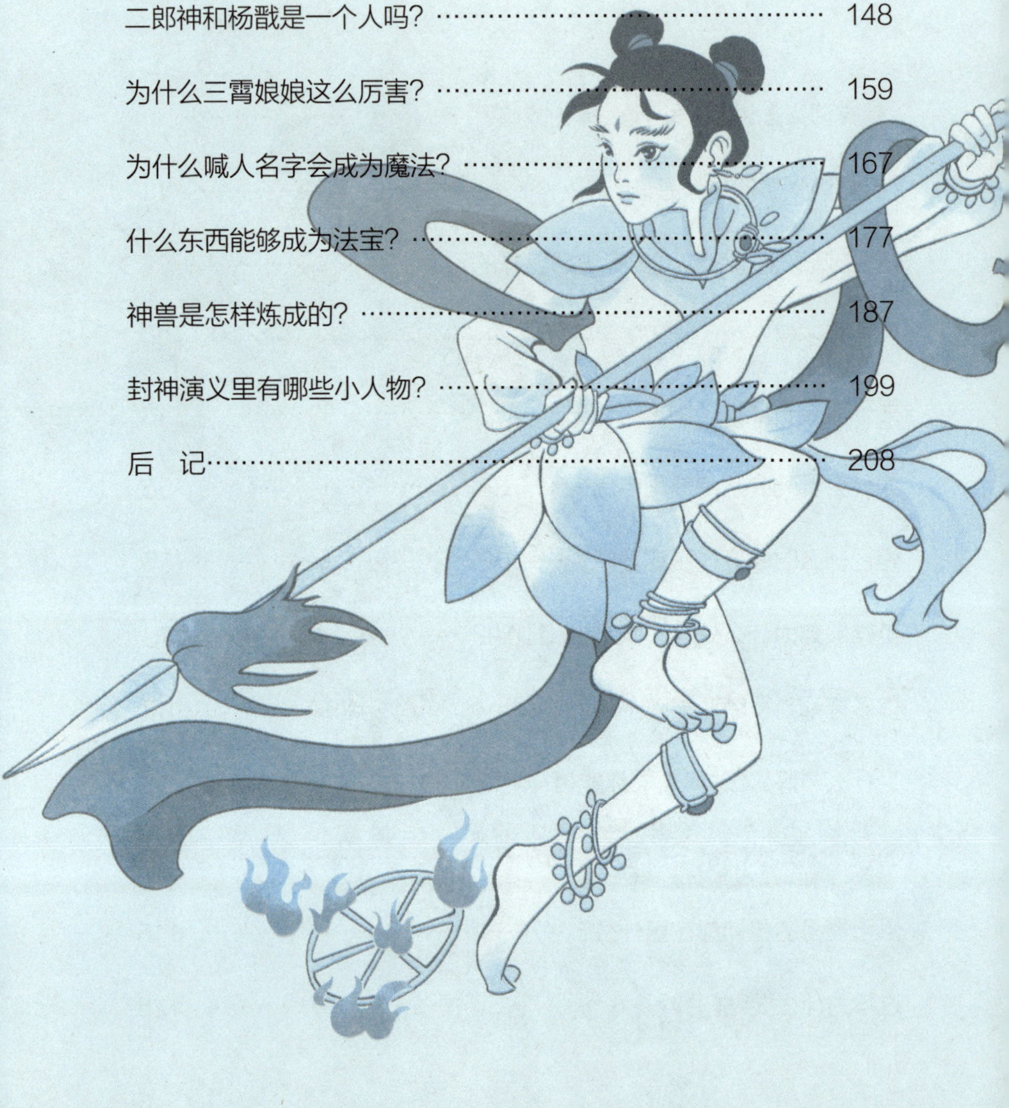

《封神演义》讲了一个什么样的故事？

中国的孩子，几乎都知道哪吒闹海的故事。

哪吒是陈塘关总兵李靖的儿子，因为打死了东海龙王三太子，自杀身亡。他的师父太乙真人用莲花给他重造了一个身体，让他复活，又给了他许多法宝，哪吒的本领就更大了。

这个故事，其实是古典名著《封神演义》中的小插曲。《封神演义》是一部明代的书，从出版到今天，已经有四百多年的历史。

这部书到底讲了一个什么样的故事呢？它讲的是商朝末年，姜子牙辅佐周武王姬发，灭掉了商朝。而哪吒，就是武王伐纣大军中的得力干将。

武王伐纣这件事，是真实的历史事件。这件事对中国历史的影响实在太大了，所以在当时流传着许多神奇的传说。到后来，传说越来越多，民间文人不停地把各路神仙编进去，说他们有的帮着商，有的帮着周。商周两方人马打仗，神仙们也在打架。到了明代，所有这些传说就汇集起来形成了一部大书——《封神演义》。

　　《封神演义》的故事，大体是这样的：

　　商纣王即位后，有一天去上古大神女娲的神庙朝拜。他看

到女娲神像十分美丽，就在墙上写了几句诗，诗句里对女娲娘娘十分不恭敬。

这一来，就惹恼了女娲。她是补天造人的大神，威力无穷，又管着天下所有的妖怪。于是她就叫来了三个妖精：九尾狐狸精、九头雉鸡精、玉面琵琶精，给了她们一个任务：化为美女迷惑纣王，引诱纣王胡作非为，最后让商朝灭亡。

这时候，正好赶上纣王下令天下诸侯进献美女。冀州侯苏护有个女儿，叫苏妲己，十分美丽。纣王叫苏护把女儿献出来。苏护大怒，抗旨不遵。纣王就派兵攻打他。苏护抵挡不住，被迫送女儿进京。

在进京的路上，九尾狐狸精乘机吸走了妲己的灵魂，自己附在妲己的肉体上，顺利进了宫。所有人丝毫不知情。

九尾狐狸精（以后称之为妲己）被纣王封为贵妃，引诱纣王干了很多坏事，比如诬告皇后造反、冤杀忠臣、追杀太子，还设立了许多酷刑折磨大臣和宫人。后来，她又把九头雉鸡精和玉面琵琶精两个妖精引到宫里，商朝天下就渐渐乱起来了。

这时候，西方的一个部族兴盛起来，这就是周（为了行文方便，以下称之为"周朝"）。首领西伯侯姬昌十分得人心。纣王残暴无道，姬昌就施行仁义。纣王杀害忠臣，姬昌就招揽人才。姬昌的名声越来越好，周朝兴盛，商朝灭亡，就成为大势所趋了。

在这种大势下，神仙世界也开始不平静了。

在《封神演义》里，神仙世界的人物，大致分为"神"和"仙"两种身份。"神"负责管各种具体的事情。而仙人不管这些事，只管自己修炼。他们追求的是长生不老、各种各样的法术，以及威力无穷的法宝。

按照《封神演义》的设定：凡人通过修炼，幸运的话，就可以成为仙人，长生不老。绝大多数凡人肯定是会死的，但有些人生前有影响力，是个人物。他们死后灵魂不灭，就有可能被派去管某一摊事务，这就是"神"。有些仙人，如果修炼不到家，也还是会死，也有可能去做一个"神"。

总的来说，成神并不算太难；而真正修炼成不死的仙人，则困难得多。

神仙世界的最高管理者叫昊天上帝（相当于《西游记》中的玉帝），但真正的实力派，是三位地位很高的仙人。这三位是师兄弟：大师兄老子（相当于《西游记》里的太上老君）、二师兄元始天尊、三师弟通天教主。三位师兄弟之上，还有一位地位更高、更神秘的人物，就是他们的师父鸿钧道人，但极少露面。

老子只管一些大事。元始天尊和通天教主各管一个教派，分别叫"阐教"和"截教"，各自收了许多徒弟。元始天尊住在西方昆仑山，是阐教教主；通天教主住在海上蓬莱岛，是截教教主。

两位教主的不少杰出徒弟，也各自占一座名山或海岛。比如元始天尊的得意弟子广成子，就住在九仙山桃源洞；通天教主的得意弟子赵公明，就住在峨眉山罗浮洞。他们继续从凡人里收徒弟。

不过，这些凡人一般不能成仙，只是学一些法术，或练成独门法宝。学成后，有的会出来做官，有的还当普通老百姓。他们除了有些奇异本领外，也要求职谋生，也会生老病死，和普通人没什么区别。

天下的仙人和有奇异本领的凡人，几乎都出自这两个教派。不是阐教弟子，就是截教弟子。

这样看来，阐教和截教，就像两座规模庞大的"魔法学校"。元始天尊和通天教主就像两位"校长"，而昆仑山和蓬莱岛，就是两座"总校"的所在地。两位"校长"的杰出学生，就像魔法学校的"教授"。他们在名山海岛上再各自收徒弟，就像教授们开了一个个的分校。而有幸拜这些教授为师的凡人，就像进分校学习的学生。他们毕业之后，不能留校当教授，就到社会上工作。

为什么神仙世界会关注周兴商亡这件事呢？因为这意味着连年战乱，人间要遭受一场大劫难，一定会有一大批人在这场劫难中丧命。正好自然界的各个方面，如风、雨、雷、电、山河、瘟疫、水火，以及和老百姓生活有关的方方面面，生育、发财、运气……还真的需要有不少神来管理。

这些死于劫难的人，如果生前有些影响力，就正好可以成为各个神位的人选。于是由昊天上帝牵头，老子、元始天尊、通天教主等拟了一份名单，这份名单就叫"封神榜"。

"封神榜"是密封好的，对外严格保密。除了这几位首脑外，谁也不知道里面是什么内容，上面写了谁的名字。只有等商朝灭亡，周朝建立，榜单才能公布。

但是，这些高级仙人是不能亲自下凡办这些事的，还得借凡人的手来办。这个人选，就落到了元始天尊的凡人弟子姜子牙身上。

姜子牙名尚，字子牙。他三十二岁时就很幸运地进了昆仑山，跟着元始天尊学习。但他天分不高，整整修炼了四十年，只会了点小法术。眼看都七十二岁了，没法成仙，元始天尊就叫他下山，并且给了他两个任务：第一是助周灭商；第二是修建一座封神台。等灭商之后，在封神台上公布"封神榜"，并且给榜单上的人分封职务。

姜子牙下山后，几经周折，来到周朝的都城西岐，假装在渭河边钓鱼。西伯侯姬昌出来寻访人才，发现了姜子牙，就拜他做了丞相。

姜子牙辅佐姬昌（后来被称为周文王），周朝很快强盛起来。姬昌年纪大了，很快去世，姜子牙又辅佐他的儿子姬发（后来被称为周武王）。

渐渐地，纣王被惊动了。

纣王不断派兵来攻打西岐。姜子牙自然要领兵防守。一路路的兵马打来，越打越激烈。终于，凡间的战争渐渐升级，扩大为神仙世界的战争。

姜子牙是阐教弟子，而纣王这边领兵的大臣、将领，有不少出身截教。于是，越来越多的阐、截二教人物卷了进来。渐渐就形成了阐教仙人帮助周朝、截教仙人帮助商朝的局面。

阐教、截教的很多仙人，原本对参与这件事的兴趣并不大。因为参与就有可能死亡，就有可能成为"封神榜"上的一个名字，就意味着修仙之路前功尽弃。

但是，架不住这场战争波及的范围太大了，双方发生的大战不计其数，也就有越来越多的阐教、截教人物参与了进来。他们有的因为朋友的情面，有的因为个人的野心，有的是职责所在。

例如纣王的太师闻仲，就是截教弟子。他骑一匹墨麒麟，手拿双鞭（是两条龙变成的），率领大军攻打西岐。闻太师德高望重，对商朝忠心耿耿，率大军攻打西岐的时候，找了很多截教朋友帮忙，在西岐摆下了十座大阵，号称"十绝阵"。

十绝阵各有神奇之处，有的里面狂风卷着刀刃，切割人的身体，叫"风吼阵"；有的布满冰山，人一进去，冰山移动起来，就能把人压扁，叫"寒冰阵"；有的里面有二十一面镜子，镜子发出金光，照在人身上，人立即灰飞烟灭，什么都剩不下，叫"金光阵"。

不过，截教这边虽然厉害，阐教的仙人更厉害。阐教仙人有许多奇妙法宝。比如广成子有一件法宝，叫"番天印"。他破金光阵的时候，金光阵主金光圣母刚要发动镜子照人，广成子就把番天印放到空中，把镜子打了个稀里哗啦，金光阵就被破掉了。

这样，姜子牙抵抗住了商朝一轮一轮的攻势，双方各有损伤。有的是阐截两教的弟子，也有些是普通凡人。他们的灵魂都会进入封神台，等着最后的分封。

　　纣王的兵马都发派完了，无力再攻打西岐，周朝这边就转为进攻。姜子牙和周武王率大军出征，一路上又攻破了许多关口，其中阵亡的人物，大多也都去了封神台，等候分封。

　　这样一场又一场的战争打下来，阐截两教的矛盾越来越激烈。因为阐教死的人少，截教死的人多。最后，连截教首领通天教主都坐不住了。他认为阐教欺人太甚，就接连摆下两座大阵，一座叫"诛仙阵"，一座叫"万仙阵"，和阐教展开两次大决战。

　　两座大阵几乎动用了截教的全部家底，例如通天教主在"诛仙阵"里，摆出了看家的四把神剑：诛仙剑、戮仙剑、陷仙剑、绝仙剑。"万仙阵"更是几乎集合了截教上上下下所有力量。阐教这边破两座大阵的时候，也是竭尽全力，动用了所有实力人物和厉害法宝。

　　两次决战下来，通天教主完全失败。最后在鸿钧道人的调停下，通天教主和两位师兄握手言和，两教纷争算是基本消停下来。

姜子牙和武王率大军继续前进，途中虽然还是遇到了一些麻烦，损失了一大批将领，但终于打进了商朝的首都朝歌。纣王自焚，狐狸精、雉鸡精、琵琶精也被姜子牙抓住杀了。

商朝灭亡，周朝建立，天下终于太平了。姜子牙来到封神台，把"封神榜"挂了起来，给这些年丧生的亡魂一一分封职务。他们的职务一般和本人生前的特长、性格有关。比如闻太师为人刚直勇猛，虽然维护的是商朝，但他那份忠心值得敬重。于是他就被封为"雷声普化天尊"，成了雷部的首领。金光圣母因为善于发射金光，就被封为闪电神。

应该说，《封神演义》的文笔不如"四大名著"。它最吸引人的地方，就是它的想象力，里面有规模宏大的神仙大战，有层出不穷的法术法宝。比如你熟悉的哪吒故事、姜子牙故事以及二郎神故事，都是从这部书来的。我们这本书，就是要讲一讲《封神演义》里好玩的事情。

《封神演义》的作者是谁?

《封神演义》是一部明代的小说。明代的小说,跟今天的很不一样。

今天的作家写小说,会老老实实从第一个字写到最后一个字。但明代的一部小说,产生、发展、定型,经常经历了非常长的时间。不一定是一个人从头写到尾,出版之后,还有可能删删改改。像《西游记》《三国演义》《水浒传》等都是这种情况。

而且,在明代写小说,并不是一件多么露脸的事。因为干这行的一定得是读书人,但当时的读书人,大部分都去考科举,以后好做官,能安下心来写小说的,往往被人看不起。所以他们中很多人，不愿意在书上留下自己的真名。

比如有一个说法，说《封神演义》这部书，是女儿"啃老"的产物，是老爸在女儿的硬逼下写的！

据说当时有个读书人，有两个女儿，大女儿出嫁的时候，他把所有的家产都花光了。等二女儿出嫁的时候，他没钱了。二女儿就很不高兴，埋怨父亲偏向姐姐。这老先生就安慰二女儿说："不要担心，等我给你挣出来。"他就写了这部《封神演义》，二女儿出嫁的时候，这部书稿就当成陪嫁的嫁妆带了过去。二女儿和女婿把它印了出来，果然成了一部畅销书，赚了好多好多钱。

这里要多说一句：明代的书是很贵的，现存的一部明代《封神演义》，封面上的标价是"二两纹银"，相当于今天的六七百到一千元！而今天买一部《封神演义》，也就几十元。

这位老先生为了给女儿挣嫁妆，就去写畅销书，心情是可以理解的。就像我现在一样，我为了我女儿，也在勤勤恳恳地写书，只是赚的钱可就天差地远了！

还有一个说法，说《封神演义》是一位叫王世贞的文学家，为了糊弄皇上，一夜之间写出来的。

原来，明代还有一部畅销书，叫《金瓶梅》，也没有署作者的真名。谁也不知道《金瓶梅》是谁写的。因为王世贞有名气，大家都认为是他写的。王世贞也没有否认过这件事。

这件事传来传去，就传到皇帝耳朵里了。皇帝也喜欢看小说，但不知道这部书的内容是什么。他就把王世贞找来，说："听说你写了本书，最近挺火的，明天送进宫来给我看看呗。"

王世贞吓了一跳，因为《金瓶梅》这部书里有不少色情内容，哪敢给皇帝看啊！那怎么办呢？他想来想去，只好连夜编了一部书，第二天把这部书献了上去。这就是《封神演义》。皇上看了之后，也没说什么。但王世贞因为熬通宵写书，一夜之间头发全白了。

这些其实都是民间传闻，因为元朝的《武王伐纣平话》中，就已经有很多封神故事了。经过几百年的流传，明朝晚期形成了今天的《封神演义》。这几百年间，一定还有其他版本的《封神演义》，只是我们看不到了。

今天有的出版社会在《封神演义》封面上标明"明·许仲琳著"。因为日本有一套明代《封神演义》，卷二第一页有一行字："钟山逸叟许仲琳编辑。""钟山逸叟"是许仲琳的号。南京有一座山叫钟山，所以他应该是南京人。

但是，"编辑"这个词，说起来很模糊。比如把一些文稿放在一起整理成一本书，这可以算"编辑"，但谈不上是原创。还有可能自己根据前代传说写一部书，这也算"编辑"。到底什么情况，今天已经没有办法确定了。

另外有一个说法，认为《封神演义》的作者叫李云翔。原来，《封神演义》原本有篇序，序的作者是李云翔。

这位李云翔，在当时可算一位才子。只是命运不太好，没有做官，在南京以编书为生。这种身份，是很有可能弄出一部《封神演义》来的。这样看来，他创作《封神演义》，或者他是主要写定者的可能也很大。

现在学界公认的是许仲琳、李云翔两位，在《封神演义》的成书上起了很大作用，所以有的出版社就将两个人连着，标在封面上。

但是，《封神演义》这样的小说，成书过程很复杂，许仲琳也只说他"编辑"过，是不是还有高人参加了创作呢？

这就是第三个说法，说《封神演义》的作者是一位著名的道士，叫陆西星。因为《封神演义》里写了好多道教斗法，如果不熟悉道教，恐怕写不出来。

这样，《封神演义》的作者就出现了好几个人，可能他们都参与了创作。因为《封神演义》本来就是长期累积形成的文学作品，前后多个人做了贡献是非常可能的。

所以《封神演义》里有许多前后矛盾的地方，今天俗称"bug"。例如里面经常出现一种情况：明明一个人阵亡了，一道灵魂往封神台去了，结果最后姜子牙封神的时候，居然没有他的名字！

还有的时候，姜子牙给一个人封了神，结果这个人之前根本没出现过，书里也没说他的来历。

甚至还有这种情况，有的版本里，一个神位封给了张三；另一个版本里却封给了李四！

这恐怕就是作者不一致，忘了把稿子前后写统一。或者书商们出版不同的版本时，根据自己的口味修改了一番。这很像今天电视剧的"穿帮"，明明一个人前面死了，后面还在活动，这就是导演把这事忘记了。

《封神演义》到底是谁写的，留给专业的学者研究就可以了，但通过这件事，我们应该建立一种思维方式：

古代的文学作品，并不是所有的都能说清楚作者。甚至在很多情况下，是说不清作者的。今天我们说这部书作者是谁，那部书作者是谁，很多时候，只是采用了一个大多数学者公认的推论。

《封神演义》是这样，《西游记》也有类似的问题。今天我们经常说《西游记》的作者是吴承恩，其实这也是一个不太确定的事情。

《封神演义》背后的真实历史是怎样的?

《封神演义》的历史原型,是商朝灭亡、周朝兴起这几十年的事。虽然书里八九成的内容都是神仙打架,但那些基本的史实,书里也没写得太过离谱。这段历史很宏伟,很波澜壮阔。我们能够看到,一个弱小的部族,是怎样一步一步地战胜了强大的商王朝,取得了天下。即使是三千年之后,读起来依然让人振奋。所以,还是有必要把这段历史讲清楚。

当时,统治中原地区的政权是商朝。商原来是夏朝的一个小部族,后来渐渐强大起来。有一位首领叫商汤,联合当时的其他部族,灭掉了夏王朝,建立了商王朝,开始了对中原地区的控制。商汤就是第一代商王。

那个时代的中国，和今天大一统的中国完全不一样。商王能控制的实际地盘，也就相当于今天河南省北部、河北省南部这一小片地盘。再向外，就是大大小小的部族（叫"方国"），还有几百几千人的原始部落。

　　现代国家有明确的边境线，线这边的土地是这个国家的，那边的土地是那个国家的。而当时，这种边境线是没有的。当时说的"国"，其实往往是一个部族的聚居区，是大大小小的城池或村寨。"国"与"国"之间，是大片大片的荒地，也很难说归谁。而且，商王朝对周围的控制力不一样，离他核心区越近的，控制力越强，越远的就越弱。

　　甚至商王自己都没法在一个地方长期定都。洪水、灾荒、外敌入侵，都逼着他到处搬家。商汤之前的商族，搬了八次家。商汤之后的商王，又搬了五次家，几乎把河南、河北、山东一带溜达了个遍。

　　直到第二十任商王盘庚搬到殷（今河南安阳），这才安定下来。此后八代十二王，二百七十三年再也没搬家（末代商王纣常住在殷附近的朝歌）。这时候才有了"殷商"的名字。《封神演义》里管纣王叫"殷纣"，小说里他有两个虚构的儿子叫"殷郊""殷洪"，就是这么来的。

既然商王对天下的统治力并不是那么强，周围方国部族自然也没那么听话。他们中有的向商王臣服进贡，有的根本不听商王的命令，甚至有的年年造反。商王就到处攻打，有时候能打赢，逼着对方进贡称臣；有时候也吃败仗，碰一鼻子灰回去。

　　这些方国部族里，有些势力非常强大，独霸一方，周围的小部族都向他们称臣。像居住在今天山东、江苏、安徽一带的东夷族，居住在今天陕西中部的周族，都是其中的大势力。

　　所以《封神演义》里说当时天下有四大诸侯：东伯侯姜桓楚（这个名字是小说的虚构）、西伯侯姬昌、南伯侯鄂崇禹、北伯侯崇侯虎，倒不是完全胡诌。而且书里说这四位诸侯都率领二百路小诸侯，向纣王称臣。书里许多小诸侯和纣王一言不合就造反，而且经常成百上千地造反，纣王就不停地派兵镇压，也算有点当时方国林立的影子。

　　历史上，东夷部族和周族确实经常和商朝对着干，而崇侯虎的崇国，就和商政权关系很好。这些基本关系，《封神演义》倒也写出来了。

　　周部族的始祖叫后稷。商族在河南、河北一带兴起的时候，后稷领导的早期周族，根据某些学者的说法，大概生活在今天山西南部。

周族和商族一样，也经常搬家。北方有个部族犬戎，经常攻打周族。周族首领古公亶父就带着族人，搬到了今天陕西渭河边上的岐山，在这里定居下来。

"岐山"这个名字一直保留到今天。今天陕西省岐山县凤雏村，还出土了三千年前的建筑遗址，考古学家认为就是周王的宫殿。《封神演义》说周的都城叫"西岐城"，指的也是这里。

古公亶父被后代周王尊称为"太王"或"大王"。他是一位雄心勃勃的君主，《诗经·鲁颂·閟宫》中有这样一句话：

后稷之孙，实维大王，居岐之阳，实始翦商。

意思是说，始祖后稷的后代子孙，就是我们的大王古公亶父。他定居在岐山的南面，消灭商朝的大业，就是从他开始的。（"阳"是山的南面，"翦"是剪除、消除的意思）

不过，当时的周族，毕竟还很弱小，还是需要向商王朝称臣的。他们称商王朝为"大邑商"，自称"小邦周"，态度十分恭敬。"翦商"可不是一代人能完成的事情。

古公亶父去世后，儿子季历继承了位置。季历更是个厉害角色。他继承了父亲"翦商"的壮志，一心要让周部族发展壮大。

正好当时的商王叫文丁，文丁被周围许多小部族不断骚扰，很头疼，又没有力量出兵扫平。他就任命季历做"西长"（也就是《封神演义》说的"西伯侯"），叫他去打这些不听话的小部族。

这正中季历下怀，他连续出兵，很快扫平了这些小部族，将势力一直扩展到太行山。越过太行山，就是商王朝实际控制的地盘了。

这下，商王文丁可害怕了，除掉了群狼，又养肥了一只老虎。这可怎么办？他就想了个办法，把季历骗去，杀掉了。

季历的死，彻底激怒了周人。周人推举季历的儿子姬昌即位，这就是历史上的周文王。

周文王雄心勃勃，发誓要报杀父之仇。正好这边商王文丁也去世了，即位的是他的儿子帝乙。

帝乙在位时，商王朝已经开始没落。据一些史料记载，文王率领大军攻打过帝乙。但是，商朝的实力毕竟还是不能小看。周文王吃了个大败仗，只好回来默默地发展，等待着下一次机会。

我们总以为商周之间，只发生了一次"牧野之战"，商朝就灭亡了。其实并不是。商周之间早就发生过不少摩擦，不是一次战斗就能解决的。

好在帝乙没坐几年江山，也死了。即位的就是他的儿子纣，《封神演义》的大反派。

纣即位之初，政局不是很稳定。文王的力量还不够大，纣王也需要文王帮他维护西边的局面，所以商周之间有一段时间关系相当不错。纣王让文王继承了父亲季历"西伯"的位置，继续做西部诸侯之长。

但是，"翦商"的雄心壮志，传到文王这里，已经是第三代了。这个梦想在历代周王心中，从未磨灭，而且越来越热切。

文王兢兢业业，礼贤下士，行事处处和纣王不同。纣王铺张浪费；文王就穿上劳苦人的衣服，亲自下田种地。纣王喜欢通宵达旦地喝酒，文王就禁止手下喝酒胡闹。纣王不听劝告，杀害忠臣；文王就尊重人才，访求人才。《封神演义》的头号人物姜子牙，根据史书记载，就是文王在渭水边打猎时寻访到的。

就这样，十来年过去了。

文王在偷偷积攒实力，纣王也不是不知道。但是他一方面害怕文王壮大，一方面也需要文王帮忙对付那些不听话的小诸侯，他左右为难，不知该拿文王怎么办。

纣王有一位宠信的大臣，叫崇侯虎，劝纣王及早把文王除掉。纣王就把文王叫进朝歌，随便安个罪名，关到了羑里（在今河南汤阴）。

文王在羑里被关了七年。他的大臣闳夭、散宜生等人到处搜罗美女骏马、金银财宝、奇禽异兽，跑到朝歌上下活动，把礼物献给纣王和他的宠臣费仲。

费仲是贪财之徒，替文王说了好话。纣王就把文王放了出来。这些礼物里，有一只罕见的狐狸，后来就成为《封神演义》里妲己的原型之一。

文王捡了一条命，回到西岐，继续壮大自己的势力。又过了几年，文王打服了经常骚扰他的部族犬戎，打下了邘、密须、耆国等大大小小的诸侯国，还打下了一块硬骨头：崇国。

崇国的国君，就是《封神演义》里的大奸臣、劝纣王除掉文王的北伯侯崇侯虎。崇侯虎和文王本来就是死敌。而且，崇国位置十分险要，把守着商王朝的西大门。打下了崇国，就等于打通了向商王朝进发的通道。

《封神演义》里，文王打崇侯虎，费了不少周折。历史上文王伐崇之战，也是非常惨烈的。

《诗经·大雅·皇矣》有几句诗，写到了伐崇的战争：

> 帝谓王曰：询尔仇方，同尔弟兄。以尔钩援，与尔临冲，以伐崇墉。

钩援是古代攻城的兵器，用钩子钩入城墙，可以拉着绳子攀缘上去。临和冲是古代两种兵车的名字。临车上有望楼，可以瞭望敌人，也可居高临下地攻城；冲车可以从墙下直冲城墙，咚咚咚地撞击一阵子，就可以把城墙（墉）撞坏。

文王攻打崇国，打了一个多月。崇国终于投降，文王声威大震。那些暂时没挨打的诸侯，赶紧跑来表示臣服。这就是史书上说的"文王三分天下有其二"，灭商只是一个时间问题了。

但文王也老了，灭了崇国不久就去世了。继承他位置的，是他的儿子姬发，史称周武王。

周武王也是一位有作为的君主，三代"翦商"的积累和建设，终于在周武王的手里爆发了！

虽然祖父三代给武王积累了大量的经验和实力，虽然商王朝已经危机四伏，但是毕竟商朝统治了几百年，是轻易打不垮的。

　　武王即位后，有一年，他带了大部队开到盟津（今河南孟津），举行了一次大阅兵。史书上说有八百路小诸侯跑来朝见武王，大家都劝武王攻打商朝，但是武王觉得时机不成熟，还是拒绝了。

　　但这次阅兵，大大确立了武王在天下诸侯心中的威信。商王朝那边人心大乱。一些商朝大臣怕惹祸上身，瞅机会跑了。一些大臣跑来投奔武王，答应做内应。有些甚至把商朝的重要档案、祭祀礼器都偷了出来，送到武王手里。

　　又过了两年，武王终于等来了机会。他打听到纣王的主力正在和东夷作战，就趁这个空当，和姜子牙一起发动了大军，直扑商朝的都城朝歌。跟随大军而来的，还有帮着武王打仗的各路小诸侯。

　　纣王来不及撤回主力，只好拼凑了一支军队，在朝歌的郊外牧野摆开了阵势迎战。这一天，根据一些历史学家的推算，是公元前1046年1月20日的清晨。

　　史书记载：武王左手拿着金色的巨斧，右手拿着白色的牦牛尾，登上战车，发布了战前誓词。这就是著名的《牧誓》。
这篇演讲气势磅礴，足以穿透三千年的时空，让今天的我们也
热血沸腾。翻译成现代汉语的话，是这样的：

　　各位！你们为了伐纣大业，从遥远的西方，千里迢迢
来到这里，你们辛苦了！友邦的国君们，执事的大臣们，
司徒、司马、司空，亚旅、师氏、千夫长、百夫长们，以

及庸国、蜀国、羌国、髳国、微国、卢国、彭国、濮国的勇士们，举起你们的戈！排好你们的盾！竖起你们的矛！我要发布誓词！

古人说过："母鸡没有在早晨啼叫的；如果这样，这个人家就会衰落。"现在商王只听信妇人的谗言，对祖宗的祭祀不闻不问，对自己的兄弟弃之不用，对四方重罪逃亡的人，竟然那样推崇、尊敬、信任，让他们做大夫、卿士。这些人残暴地对待老百姓，在商国为祸作乱。现在，我姬发奉行老天对他们的惩罚。今天的战事，行军时，不超过六步、七步，大家就要停下来整齐一下。将士们，要努力呀！刺击时，不超过四次、五次、六次、七次，就要停下来整齐一下。努力吧，将士们！希望你们威武雄壮，像虎、貔、熊、罴一样，前往商都的郊外。不要禁止能够跑来投降的人，以便让他们帮助我们周国。努力吧，将士们！如果你们不努力，上天就会对你们有所惩罚！

为了这篇誓词，周人足足准备了将近一百年的时间。

司徒、司马、司空等都是武王的属官，庸、蜀、羌等都是赶来助战的小诸侯。武王宣布了纣王的罪状，宣布了战场纪律，随后命令总指挥官姜子牙开始进攻。

武王投入的兵力，是勇士三千，战车三百五十辆，其余的士兵四万五千。各路诸侯助战的兵车一共四千辆。纣王一方，虽然是临时拼凑，也有大军七十万（也有一个说法是十七万）。

双方虎视眈眈，兵器如林，布满了牧野的荒原，一场人类历史上的旷世对决打响了！

这场战争有多激烈，今天已经无法看到了，但史书上记录说，这场大战"流血漂杵"或"血流漂橹（"橹"也写成"卤"，一种盾牌）"，意思是说战士的血流在地上，竟然把木杵或盾牌漂了起来，可见伤亡是十分惨重的。

不过，商军虽然人多，但是人心不齐，很多士兵已经对纣王失望透顶。大战开始不久，一些士兵就掉转手里的兵器——戈，朝后方杀去，为武王开路。这就是"倒戈"这个词的来历。商朝七十万大军一下子就崩溃了。

纣王见大势已去，登上他平时寻欢作乐的鹿台，把珍珠美玉都围在身上，放火自焚，延续将近六百年的商王朝宣告结束。

接替商王朝的，就是周武王创立的周朝，史称"西周"。《封神演义》的故事，也是写到这里结束的。

纣王是不是一个大坏蛋？

在大家的认知里，纣王是个臭名昭著的暴君，很多电视剧都把他塑造成凶神恶煞、昏聩无能、色迷心窍、一言不合就大发雷霆的末代帝王，有时候还会请长相凶恶的男演员来出演。

不过，传说故事、文学作品和历史事实还是要分开，人们口耳相传中的人物，很多时候并不代表他在历史上就真是这个样子，可能会有"越描越黑"的情况。那么，历史上的纣王究竟是什么形象呢？

史书上记载，纣王是商朝最后一个君主，叫帝辛。他的父亲是帝乙。

他是一个十分聪明而勇猛的人。《史记·殷本纪》上说：

帝纣资辨捷疾，闻见甚敏；材力过人，手格猛兽。

意思是说纣王反应很快，能说会道，学习能力很强，而且身体素质过于常人。可见他至少不是一个蠢货。

史书中也写了纣王的种种暴行，不过没有后来描绘的那么夸张。比如，纣王非常淫乱奢靡，对此，《史记》中有一段堪称暴君模板的描写：

好酒淫乐，嬖于妇人。爱妲己，妲己之言是从。于是使师涓作新淫声，北里之舞，靡靡之乐。厚赋税以实鹿台之钱，而盈钜桥之粟。益收狗马奇物，充仞宫室。益广沙丘苑台，多取野兽蜚鸟置其中。慢于鬼神。大聚乐戏于沙丘，以酒为池，悬肉为林，使男女裸相逐其间，为长夜之饮。

纣王酗酒、宠幸妲己、大兴土木建鹿台、轻侮鬼神、酒池肉林——这几项出名的恶行都集中在了这段文字里。

此外，还有几个标志性事件，比如比干剖心和鹿台自焚：

纣愈淫乱不止。微子数谏不听，乃与大师、少师谋，遂去。比干曰："为人臣者，不得不以死争。"乃强谏纣。纣怒曰："吾闻圣人心有七窍。"剖比干，观其心。箕子惧，乃佯狂为奴，纣又囚之。殷之大师、少师乃持其祭乐器奔周。周武王于是遂率诸侯伐纣。纣亦发兵距之牧野。甲子日，纣兵败。纣走，入登鹿台，衣其宝玉衣，赴火而死。

比干因为强行进谏纣王而被剖心，纣王山穷水尽时登上鹿台自杀，这两个场景同样流传千古。

《封神演义》里，纣王的各种特点都有被夸张、放大的倾向。

书里讲述纣王的力大无穷就用了这么一个故事：

纣王当太子的时候，帝乙去御园游玩，领着众文武观赏牡丹，这时候一座楼的房梁塌了下来。纣力大无比，竟然托住了房梁，又换了一根柱子。于是，历史上的勇猛过人就变成了"托梁换柱"。

历史上，纣王为了防止叛乱而加重刑罚力度——"百姓怨望而诸侯有叛者，于是纣乃重刑辟"，但到了《封神演义》里，就被描绘为他造了很多酷刑折磨手下。比如有一种酷刑叫"炮烙"，把人捆在烧红的铜柱子上，活活烤死。又有一种酷刑叫"虿盆"，里面全是毒蛇、蝎子，把罪人推到里面，让蛇蝎把他们咬死。为此，《封神演义》专门有两回起了醒目的标题：第六回《纣王无道造炮烙》和第十七回《纣王无道造虿盆》。

《封神演义》里，纣王对百姓也非常残忍。有一次，妲己引诱他把孕妇的肚子剖开，要看里面的胎儿是男是女。又有一次，一个老人和一个少年过河。老人不怕冷，直接蹚了过去；少年则犹豫不前。纣王就把他们抓来，把腿砍断，发现老人腿骨的骨髓是满的，少年腿骨的骨髓是空的，所以老人反而不怕冷。这些暴行，当然让纣王众叛亲离，成了末代暴君。

纣王不仅平时铺张浪费，和史书上的记载一样，把酒倒在池子里，叫"酒池"；把肉穿成一串串的，立成一片，叫"肉林"。还耗费大量人力物力，修建了鹿台，供他寻欢作乐。并且宠幸佞臣，荒废朝政：

　　一日，驾升显庆殿，时有常随在侧。纣王忽然猛省，
　　着奉御宣中谏大夫费仲，乃纣王之幸臣。近因闻太师奉敕

平北海，大兵远征，戍外立功，因此上就宠费仲、尤浑二人。此二人朝朝蛊惑圣聪，谗言献媚，纣王无有不从。大抵天下将危，佞臣当道。

这位纣王，把大家能想到的帝王所犯的错误和缺陷集于一身，真可谓是恶贯满盈了。

那么，《封神演义》说的这些纣王的罪状，历史上只有他有吗？说起来，倒也不全是这部书的原创，而是在各种史书上都有类似记载。

比如晋代有一部书叫《帝王世纪》，名字听起来倒挺规矩，但记录了不少上古传说。比如它说纣王的力气，除了能托梁换柱之外，还能拉着九头牛的尾巴，把它们倒拽回来。铁钩子、铁链子到了他手里，轻轻一拉，就成了一根直铁条。把铁块放在手掌心，用力一握，铁块就变成了铁水。这种神奇程度，不但不比明代的《封神演义》差多少，甚至赶得上科幻电影里的众位英雄好汉了。

所以，纣王的各种罪状，《封神演义》只不过是将种种奇闻异说汇总了一下，写得更加恐怖、更加可恨而已。

不过，我们应该知道：像王朝灭亡这样的历史大事，并不能把原因全赖在一两个"昏君"身上。历史上商朝的灭亡,虽然和纣王本人的品行有关系,但还有更加复杂的原因。

商朝从文丁、帝乙开始,就渐渐衰落。纣王继承下来的这份祖业,本来就有各种问题。之前说过,商王的实际控制范围,并不是很大。其他地区的小诸侯们,有些听话,有些不听话。如果发兵把那些不听话的小诸侯一个个地消灭,哪怕商朝再强大,也没有这个实力。实际上,历代商王对外发动的战争并不少,一代代这样南征北战下来,到纣王的时候,国力已经消耗得差不多了。

而且,商朝内部也有很大问题。当时还没有发明考试制度,不能在社会上公平公开地选拔人才。重要位置往往被贵族们把持着。这些世家大族,自己也有家族利益。家族利益和国家利益往往并不一样。纣王虽然是商王,但这些人未必把他当回事。

纣王重用了一些底层人才,培养自己的亲信。《封神演义》里有一个"奸臣"费仲,还有一个忠臣胶鬲,都是纣王扶植起来的。费仲是一个敛财的高手,名臣胶鬲也是纣王的得力助手、财政专家。这些人都是从底层上来的。尤其胶鬲,据说年轻的时候是卖鱼、卖盐的,后来成长为商朝的重臣。

这些人上来之后，世家大族当然看不惯。新人旧人之间的矛盾渐渐激烈起来，纣王自然要管。最见效的方式，当然就是严刑峻法。纣王滥用酷刑的说法，大概也与这种局面有关。

《封神演义》里有一位叫比干的老臣，劝谏纣王不要胡作非为。妲己非常痛恨他，就故意装病，点名要吃比干的心。比干的心被挖了出来，丧了命。这个故事也不是《封神演义》发明的，而是已经流传了相当长的时间。但比干是商朝贵族，属于"旧人"。他的被杀，在历史上也可能和纣王的政策有关。

商王朝的东南方向是东夷族（在甲骨文里叫"人方"），擅长使用弓箭，从来就和商王朝不和。纣王在位十年的时候，御驾亲征，去攻打东夷族。这是纣王在位时，牧野之战之前最大的一场战役，前后用了九个多月。

这次战争，纣王虽然获胜，但自身的消耗也是惊人的。而且，连年对东方用兵，西边的周文王乘机崛起，这是纣王虽然明白，但也顾不上的事情。

不能不说，纣王也是一个有作为的君王，他面对内忧外患，也不是没有想过办法，但这不是他个人的品行或者能力可以改变的。历史的大势和王国的政治、社会结构，决定了在他这一代，商王朝会走向末日。

纣王是不是真的有那些罪状呢？很难说，因为武王讨伐他的时候，宣布了他五条罪状：一是喜欢喝酒；二是不用贵戚旧臣；三是重用小人；四是听信妇人的话；五是荒废了祭祀。

这几件事，既没有酒池肉林，也没有炮烙虿盆，更没有砍人腿骨——如果真有，武王能不提吗？

所以，这几件事到底有多可恨呢？他爱喝酒，确实不能算优点。但是商朝人爱喝酒，是历史上出了名的。今天出土的商朝青铜器，很多都是酒器。

"不用贵戚旧臣"和"重用小人"呢？这是政治斗争的问题，也谈不上和人品有关。

"听信妇人的话"，更是古代重男轻女，把罪过甩给女人的陈腐观点。

至于"荒废祭祀"，今天的考古发掘已经证明了，纣王时期的祭祀活动是正常的，并没什么特别的异样。

所以，至少在当时，在敌对势力的口中，纣王的罪状并没有太多。他背上越来越多的罪名，是在商朝灭亡之后。

因为纣王是亡国之君，所以不管什么坏事，人们都喜欢安在他身上。这个现象，在春秋时期就被人注意到了。孔子的弟子子贡说：

纣之不善不如是之甚也！是以君子恶居下流，天下之恶皆归焉。

　　意思是说：商纣王的无道，不像今天流传的那么严重。所以君子忌讳身染污行，因为一沾污行，天下的坏事就都归集到他身上去了。

　　俗语"墙倒众人推，破鼓众人捶"，就是这个道理。今天有一个"破窗理论"也是这样。如果一面窗户，玻璃是完好的，那么大家都会细心保护。假如有一天，玻璃上破了一个洞，就会有越来越多的人去砸洞。因为反正也是破了，多几个洞也没什么。

　　子贡是春秋时期的人，那时离商朝灭亡已经有五六百年了。子贡发出这样的感叹，想必当时纣王的罪状，已经多到离谱的程度。等又过了些年，到了战国、秦汉之后，纣王的罪状就越传越邪乎了。

　　这时候，除了酒池、肉林、炮烙、砍人腿骨的传说流传开来，又多出来许许多多。例如：

　　杀害大臣梅伯；

把大臣鬼侯、鄂侯杀了做成肉干，还强迫其他诸侯吃掉；

建造玉石装饰的宫殿；

用玉雕成玉床，用象牙做成筷子，用纯金铸成宫殿的柱子；

重用一个叫恶来的坏人；

说话不讲信用；

把大臣翼侯做成烤肉；

演奏荒淫的音乐；

因为蒸熊掌不熟，把厨师杀了；

大量建造宫殿；

制作了几千具枷锁，把不奉承自己的诸侯锁起来；

把活人丢在火里，活活烧死，还把活人喂老虎；

妲己不喜欢的人，就立即杀掉。

…………

有学者统计，史书上纣王的罪状，竟然有一百多条，除去重复的，也有七十多条。这些罪状，大多被《封神演义》的作者采用，写进书里，编成故事了。久而久之，纣王已不再是一个独立的、真实存在过的历史人物，而变成了一种人物类型，成为邪恶君主的化身，与代表着天道、正义的周武王形成了对立关系。

纣王对商朝的灭亡固然是要负责任的，他本人也确实有些铺张浪费的毛病、治国不善的缺点，但一个人再坏，怎么能坏到无恶不作呢？所以纣王的这些罪状，其实都是些民间故事。这就是民众的心理：如果有一个合适的人物，那么符合他性格的故事，就都会编派到他的身上。这种人物，已经不再是一个真实的历史人物，而是概念中的人物了，叫作"箭垛式人物"。

箭垛，就是射箭的靶子。每个故事就像一支箭，朝这个人物身上射去。随着流传的时间越长，这个人身上相似的故事就越来越多。本来他可能只做过一件坏事，流传了一段时间，他身上的坏事可能就多到千件百件了。

有趣的是，被商朝推翻的夏朝，末代君主叫桀，他在各种史书里，也有一大堆罪状，有些如"酒池肉林"，和纣王一模一样。到底是他俩都搞过酒池肉林呢，还是一个人的事迹被安在另一个人头上了呢？我们不妨相信，桀也是一个"箭垛式人物"，反正是亡国之君，只要是罪状，往他身上扔就是了，久而久之，也分不清是谁的罪状了。所以过去"桀纣"两个人是经常并提的，就代表昏庸残暴的君主。

坏人可以成为箭垛式人物，好人照样可以成为箭垛式人

物。《三国演义》里的诸葛亮，也是这样的一个人。

　　历史上的诸葛亮当然很有智慧，但正因为他有智慧，民间就把其他智慧故事，都说成他是主角。比如火烧博望坡、草船借箭、空城计，其实历史上的诸葛亮并没有干过这些事，但这几件事太有智慧，就都安到他身上了。编来编去，诸葛亮简直成了一个上天入地无所不能的神仙。所以鲁迅在《中国小说史略》中就评价诸葛亮"多智而近妖"，与其说历史上的诸葛亮多聪明，倒不如说诸葛亮这个形象集中了很多民间智慧。

我们去街上吃饭，经常会发现很多小吃店都有一个广告牌，上面有一个故事，讲这个小吃的由来，很多都是乾隆下江南的时候发明或发现的。比如驴肉火烧，就说是乾隆下江南时路过，吃后大加赞赏；又如杭州小笼包，也说乾隆下江南时吃过。这些当然只是民间故事，但这说明乾隆皇帝也是一个箭垛式人物，因为他是太平天子，又有下江南的经历，大家就喜欢把美食故事往他身上安。

包拯也是如此。有不少关于包公断案的电视剧和电影，把包拯写得神乎其神，仿佛他能解开所有的难题。实际上这些故事都和包拯无关，是加在他身上的。著名的思想家和文学家胡适先生对这个现象有过很精确的描述：

> 包龙图——包拯——也是一个箭垛式的人物。古来有许多精巧的折狱故事，或载在史书，或流传民间，一般人不知道他们的来历，这些故事遂容易堆在一两个人身上。在这些侦探式的清官之中，民间的传说不知怎样选出了宋

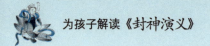

朝的包拯来做一个箭垛，把许多折狱的奇案都射在他身上。包龙图遂成了中国的歇洛克·福尔摩斯了。

所以，纣王到底是不是大坏蛋？在民间故事和文学作品里，当然是；做历史评价，却要结合当时的情况讨论，并不能简单地说他是善还是恶。

这件事也告诉我们，一个人一定要品行端正，哪怕犯了错误也要及时改过，不能留下不好的名声。否则传来传去，不好的名声就很容易被放大。等你发现与你无关的罪名都纷纷加到你头上的时候，再想澄清可就太难了！

反过来，这件事也提醒我们，对待身边的人，一定不要别人说什么，就信什么。比如一个班上有人丢了东西，人们就容易怀疑是那些不受欢迎的学生干的，这样很容易让人蒙受不白之冤。遇事一定要仔细调查，才能得出结论。

为什么姜子牙那么倒霉？

　　《封神演义》的故事比较松散，不像《西游记》，主人公孙悟空贯穿始终。一部《西游记》，就是孙悟空的英雄传记。

　　不过，《封神演义》也用了很多笔墨写了一个人。这个人也贯穿了全书始终，如果要说这部书有主人公，那一定就是他——姜子牙。

　　首先要介绍一下历史上的姜子牙这个人。

　　历史上的姜子牙，姜姓，名尚。因为祖上封在吕地，所以以吕为氏。按照古人的称呼习惯（男子称氏不称姓），严格来说应该叫"吕尚"。"子牙"是传说中他的字。不过，既然大家叫惯了"姜子牙"，我们这本书也这样称呼他。

据说姜子牙年轻的时候曾四方奔走，但一事无成。后来年纪大了，就在西岐的河边钓鱼，正好遇到周文王姬昌出来打猎。周文王和他一聊，非常佩服他，认为他是个奇才，就说："从我国先君太公时就流传着这样的话：'将来有位圣人会来到此地，我们周族会因此兴旺。'这位圣人说的就是您吧？我们盼望您已经很久了。"

　　于是，周文王请姜子牙上了自己的车，把他带了回去，让他在身边出谋划策，并称姜子牙为"太公望"。"太公"就是

"爷爷"的意思，后世也称他为"姜太公"。

这件事有趣的地方在于：也许姜子牙遇到文王的时候，确实岁数不小了，但这个"太公"并不是指他，而指的是文王的爷爷古公亶父。"姜太公"并不是"姜家老爷爷"的意思，而是"一个被姬家老爷爷盼望的姓姜的人"。

姜子牙确实很有本领，不但文王对他毕恭毕敬，连周的大臣南宫适、散宜生都拜他为老师。今天还流传着一些兵法，据说是他写的，如《六韬》《太公兵法》之类。

周文王去世后，周武王即位。武王对姜子牙更敬重，尊称姜子牙为"师尚父"。姜子牙有个女儿，名叫邑姜，长大后嫁给了武王。所以，姜子牙是文王的亲家公，是武王的老丈人。姜子牙辅佐武王，今天看来，好像是忠臣辅佐明主；在历史上看来，反而是帮女婿卖力。

姜子牙帮助文王、武王，刺探到了商朝的很多情报。他见时机成熟，就建议发兵灭商。

《封神演义》里的姜子牙，是一个神话人物，能号令群神，分封众仙。但历史上的姜子牙，反而是一个绝不迷信的实干家。

早在周文王时期，姜子牙就和周文王"阴谋"推翻商政权：

> 周西伯昌之脱羑里归，与吕尚阴谋修德以倾商政，其事多兵权与奇计，故后世之言兵及周之阴权，皆宗太公为本谋。（《史记·齐太公世家》）

也就是说，姜子牙刚一登上历史舞台，就是一位谋略家的身份。

周武王即位后，决定大举伐纣。在大军进发的路上，周人遇到了很多"不祥之兆"，比如洪水、山崩，武王车上的零件还损坏了。

而且，武王伐纣是向东走，正巧这段时间，岁星（即五大行星的木星）每晚都出现在东边的天空，等于大军是迎着它前进。当时人迷信，认为这是不利于打仗的"天意"。有人想退兵，但姜子牙反而不信这些，坚持前行。

终于，周军一路急行军，赶到了牧野。一场大战，打败了商军，攻下了朝歌。商朝灭亡了。

在这场战争中，姜子牙表现得相当出色。他率兵发动了总攻，还亲自冲锋陷阵。《诗经》中有一首诗叫《大明》，有两句诗描写姜子牙的威武，说：

> 维师尚父，时维鹰扬。凉（通"亮"，辅佐）彼武王，
> 肆伐大商！

意思是说，我们那师尚父姜子牙，好像是展翅飞翔的雄鹰。他辅佐着我们的武王，向殷商发动了攻击！

武王灭商之后，把姜子牙封到齐地，姜子牙就成了齐国的开国君主。姜子牙是如何治理齐国的呢？史书上是这么记载的：

> 太公至国，修政，因其俗，简其礼，通商工之业，便鱼盐之利，而人民多归齐，齐为大国。（《史记·齐太公世家》）

齐地原本很贫瘠，老百姓也少。姜子牙去了之后，平定了周边部落的骚扰，修平政治，简化礼仪，发展工商业，靠着海水，打鱼、煮盐。附近的老百姓都去投奔，齐国就渐渐成了一个大国。

最后要说的是：上古的历史记录，往往有很多是失实的。很多古书都说姜子牙七八十岁了才遇到赏识他的文王，但他一连辅佐了两代君王，又是像雄鹰一样地上战场打仗，又是去齐国开疆拓土，实在不像是个七八十岁的老人能干的事。我们又知道他的称呼"姜太公"里，"太公"并不是指他。所以，有学者推测姜子牙遇到文王的时候，也许已过壮年，但年纪并没那么老。民间误认为他是个老头儿，可能是受了"太公"两个字的误导。

但《封神演义》并不管这些，它只负责把故事编好。所以姜子牙在《封神演义》里，不但不能是壮年人，而且必须是一个老头儿，还必须是一个一开始倒霉透顶的老头儿。

根据《封神演义》的故事，姜子牙三十二岁上昆仑山，跟着元始天尊学艺。但他没有成仙的资质，别的仙人都在腾云驾雾，他只会挑水、扫地、烧火，也学了一门手艺：编笊篱。这简直和神仙没有半点关系。到了七十二岁，他只好下山，来到商朝的首都朝歌，要找份工作干。

但是，一个七十二岁的老头儿能干什么呢？他只好去投奔自己一个有钱的朋友，叫宋异人。宋异人给姜子牙介绍了一位六十八岁的老太太，名叫马夫人，两人就结了婚。

老两口也得过日子，姜子牙就出门做买卖，哪知道，他的运气实在是倒霉透了，做什么什么不成。

有一次姜子牙去卖笊篱，笊篱是老百姓做饭的刚需，按说很好卖，结果从早上到下午，也没卖出去一个。姜子牙等得肚子都饿了，只好回家，一去一回统共七十里路，把挑担的肩膀都压肿了。到家后又落了埋怨，马夫人嫌弃他不会卖货。

没办法，于是改行卖面。这次好歹遇到了顾客，姜子牙正在低头撮面，却有一匹军马被炮声惊吓，飞一般地跑了起来。《封神演义》原文说：

> 子牙弯着腰撮面，不曾提防，后边有人大叫曰："卖面的，马来了！"子牙急侧身，马已到了。担上绳子铺在地下，马来得急，绳子套在马七寸上，把两箩面拖了五六丈远，面都泼在地下，被一阵狂风将面刮个干净。子牙急抢面时，浑身俱是面裹了。买面的人见这等模样，就去了。子牙只得回去。一路嗟叹，来到庄前。

面没了，好不容易等来的顾客也不买了。

姜子牙又开了个饭店，选了个热闹的地段，这下生意总该

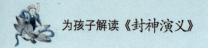

有些起色吧，然而还是碰到了倒霉的事：

> 其日做手多宰猪羊，蒸了点心，收拾酒饭齐整，子牙
> 掌柜，坐在里面。一则子牙乃万神总领，一则年庚不利，
> 从早晨到巳牌时候，鬼也不上门。及至午时，倾盆大雨，
> 黄飞虎不曾操演。天气炎热，猪羊肴馔，被这阵暑气一
> 蒸，登时臭了，点心馊了，酒都酸了。

姜子牙精心准备一番，没想到下起大雨，没人来光顾，饭
菜都臭了。

后来他又赶了些猪羊进城卖，觉得活物总不会变臭，但忘
记看官方通知了：

> ……朝歌半年不曾下雨。天子百姓祈祷，禁了屠沽，
> 告示晓谕军民人等，各门张挂。子牙失于打点，把牛、
> 马、猪、羊往城里赶，被看门役叫声："违禁犯法，拿
> 了！"子牙听见，就抽身跑了，牛马牲口，俱被入官，子
> 牙只得束手归来。

原来是朝廷正在祭天，祭天就禁止杀生，见到贩猪羊的就要抓起来。姜子牙吓得把猪羊扔了逃了回来，本钱全都赔了。

就这样，姜子牙一回又一回，做买卖没有一回成功过，怪不得马夫人说他是"无用之物"。最后，姜子牙在街上开了个算命馆，给人算卦。没想到碰上三妖之一的玉石琵琶精来算卦。姜子牙用法力让她暂时现出了本相，这就惹到了三妖之首妲己。姜子牙只好打定主意离开朝歌，去投奔西岐。但马夫人对这么个不成器的丈夫很恼火，就和他离了婚。

马氏离开姜子牙之后，嫁了一个叫张老三的农户。后来姜子牙在西岐遇到了周文王，这才扬眉吐气。他辅佐周武王打进朝歌。马夫人觉得当时看走了眼，没脸见人，就上吊死了。后来也被姜子牙封了神，被封为"扫帚星"，指专给人带来霉运的星神。

为什么《封神演义》要把衰老、倒霉、无能……各种不顺利加到姜子牙的身上呢？

因为用今天的话说，它要把姜子牙的人生写成"逆袭人生"，要写出他一开始落魄失意，后来扬眉吐气，这样才能形成对比，这样才能好看。所以在故事里，姜子牙越衰老，他的发达也越惊人，对比才越强烈。

姜子牙从倒霉到发迹的故事，还真不是《封神演义》的原创。因为在《战国策·秦五》里有这么一句话："太公望，齐之逐夫。"汉代古书《说苑》里，也提到过一段话："太公望，故老妇之出夫也，朝歌之屠佐也，棘津迎客之舍人也。"

　　它们说的都是姜子牙的故事，可能有点历史的影子，因为很多古书都提过。按照上面的说法，姜子牙是从齐地（那时候还没有齐国）被老婆赶出家门的，在朝歌做过宰牛卖肉的屠夫，在棘津当过"舍人"（大概相当于店小二或者旅馆服务员），后来遇到周文王，才飞黄腾达。

　　这样的人生，实在是太有戏剧性了，所以《封神演义》采纳了这个先倒霉后发迹的模式，用来写姜子牙的故事。

　　这样写的目的，就是展现一个小人物的成长历程。这也是塑造人物的一种手法。这种人物在今天的叙事学中叫"逆袭人物"，也叫"发迹变泰人物"。

　　这种人物的成长历程，通常是这样的：一开始别提多倒霉了，喝凉水都塞牙。但他一路压抑、倒霉下去，突然之间抓住一个机遇，一下子路也通了，人生也顺了，运气也来了。

　　只有这样，从前这个人吃过的苦、受过的罪，我们才会觉得都值得了。

这种人物形象，也不光姜子牙。战国时期，有一个叫苏秦的人。他年轻的时候四处奔走，游说诸侯，希望诸侯采用他的主张，结果谁也不搭理他。他回到家里，父母不跟他说话，嫂子不给他做饭。苏秦受到了巨大的刺激，赌气发奋读书。古人留长头发，他就把头发拴在房梁上，一打瞌睡，一低头，就会疼醒，继续读书。最后，苏秦成了著名的纵横家，让东方六国联合起来抗秦。他得意的时候身佩六国相印，威震诸侯。

汉代有个著名的文学家叫司马相如，也是这类人。司马相如很有才华，但是生活贫困，没有贵人赏识他。富家女卓文君对他一见钟情，不顾一切与他私奔。她来到司马相如的家，只见家里什么也没有，唯有四周的墙壁，"家徒四壁"这个成语就是这么来的。夫妻二人为了维持生计，竟"当垆卖酒"，日子过得颇为潦倒。不过后来司马相如时来运转，凭借《子虚赋》受到了汉武帝的赞赏，终于熬出头来。

司马相如的故事影响广泛，代代流传，明代的短篇白话小说《警世通言》里就有一篇《俞仲举题诗遇上皇》提到了它。文中有一句总结颇为精准：

司马相如本是成都府一个穷儒，只为一篇文字投了至尊之意，一朝发迹。

穷酸文人因为他的文学才华而发迹改命，这种故事模式可谓深得人心。

不只是文人，商人发迹变泰的故事那就更多了。明代有个小说家叫凌濛初，他有篇小说《转运汉遇巧洞庭红 波斯胡指破鼍龙壳》讲的就是一夜暴富的故事。一个名叫文若虚的商人，做生意百做百不着，叫人干着急。有一次他听人说北京扇子好卖，就置办起扇子买卖，没承想那年北京夏天格外潮湿，扇子全放坏了，竹篮打水一场空。由于经常遇到这种事，他有个外号叫"倒运汉"。

然而他突然奇妙地转运了。他一时兴起跟几个兄弟到国外卖洞庭的橘子，意外地畅销，挣了一大笔钱后，他们来到了一座荒岛边，同伴们晕船不愿意上去，文若虚独自一人竟在那里捡到了一个价值连城的龟壳，从此成为一介富商。

四大名著里也有这个套路。比如《三国演义》里的刘备，也是这种写法：一开始的时候，只要打仗就输，被人追得到处跑。最后得到诸葛亮的辅佐之后，人生开始反转，最后成为一方霸主。

看多了这类故事，我们会发现：所有的逆袭人物，都是故事里的主角。既然是主角，他们承担的任务，就是给读者一种"代入感"。换句话说，就是让读者觉得是他们本人的故事。

我们所有人都希望成长，希望辉煌。但是，绝大多数人都没有与生俱来的好运气，总是要从零开始。所以，读者就希望看到一种故事，这种故事里有一个极微小的人物，要么倒霉，要么年老，要么什么都不是。他经过了漫长的奋斗，不断地跌倒再爬起，最后成就一番事业。

这种故事，是最容易励志的，也是最吸引人的。所以，逆袭人物的故事，其实满足的是读者心底的需求。

人们常说的"望富希贵"意识，《史记·陈涉世家》里"王侯将相宁有种乎"的霸气宣言，其实都是这种心理需求的具体表现。

除了这种需求之外，逆袭故事还反映了现实人生的成长经历。

事实上，大多数人都不能随随便便成功，辉煌之前，一定有无数次跌倒再爬起的过程。这种心态，这种经历，一定会影响文学作品的创作，产生许许多多这种逆袭的故事。而这种故事，又反过来激励着我们不断前行。这就是姜子牙故事的现实意义。

为什么哪吒会从肉球里生出来？

如果让大家投票选择《封神演义》里最有名的英雄，恐怕哪吒的"粉丝"是最多的。事实上，《封神演义》这部书在今天的影视、动漫等文化领域创造的价值，有一半以上是哪吒这个IP提供的。

历史上到底有没有哪吒这个人呢？答案是：不存在名叫"哪吒"的真人。这个形象源于佛经，是毗沙门天王的三儿子。而毗沙门天王，后来在中国分化出一个托塔天王李靖。这位三太子平时捧着宝塔，跟在天王左右值班。这就是托塔天王和哪吒最早的来历。毗沙门天王，在唐代是非常兴盛的信仰，产生于一个叫"密教"的佛教流派，我们本土的宗教道教，教义里并没有天王。

哪吒这个名字之所以有点怪，是因为它是由佛经梵文音译并缩略而来的，全称为"那罗鸠婆""那罗鸠钵罗"等。总之，哪吒是一个外来语。

毗沙门天王为何后来被认为是唐朝的李靖？这是因为李靖是唐代开国元勋，很受民间崇拜，大伙很喜欢他，就不断给他身上编故事。一个有名的故事，就是李靖代龙王行雨（见唐代小说《续玄怪录》），刚好佛经里西方广目天王是管龙王的，他的名字叫"毗留博叉"，久而久之，人们就把"毗留博叉"和"毗沙门"混在了一起。

哪吒三头六臂的经典形象早在《封神演义》之前就有雏形了。比如成书于明初永乐年间的《三教源流搜神大全》中就写道：

> 哪吒本是玉皇驾下大罗仙，身长六丈，首戴金轮，三头九眼八臂，口吐青云足踏盘石，手持法律，大喊一声，云降雨从，乾坤烁动。因世间多魔王，玉帝命降凡，以故托胎于托塔天王李靖。

民间故事中的哪吒已经和《封神演义》中的很接近了。但今天各种动画片、电影、电视剧里流传的哪吒形象，一多半是《封神演义》这部书塑造的。

先讲出生。《封神演义》中，哪吒的父亲是陈塘关总兵李靖，妈妈是殷夫人。他们本来已经有了两个儿子，大的叫金吒，二的叫木吒。这回，殷夫人又怀孕了，足足怀了三年零六个月，这令李靖心中忧虑，觉得并非吉兆。殷夫人果然做了一个奇怪的梦：

> 当晚夜至三更，夫人睡得正浓，梦见一道人头绾双髻，身着道服，径进香房。夫人叱曰："这道人甚不知理，此乃内室，如何径进？着实可恶！"道人曰："夫人快接麟儿！"夫人未及答言，只见道人将一物往夫人怀中一送。夫人猛然惊醒，骇出一身冷汗……

正如很多故事都会有的情节，神奇人物的出生都有神奇的预兆。殷夫人做了这个怪梦之后，丫鬟忽然来报："启禀老爷：夫人生下一个妖精来！"

这个"妖精"长什么样呢？且看书中说：

只见房里一团红气，满屋异香，有一肉球，滴溜溜圆转如轮。李靖大惊，望肉球上一剑砍去，划然有声。分开肉球，跳出一个小孩儿来，满地红光，面如傅粉，右手套一金镯，肚腹上围着一块红绫，金光射目。这位神圣下世，出在陈塘关，乃姜子牙先行官是也。灵珠子化身，金镯是"乾坤圈"，红绫名曰"混天绫"。此物乃是乾元山镇金光洞之宝，表过不题。

　　哪吒从一个肉球里跳出来，而且刚出生就不同凡响，眼睛里射出道道金光，还散发出奇异的香气。

　　后来哪吒拜了一个神仙——乾元山金光洞太乙真人做师父。那时正值农历五月，天气炎热，哪吒闲来无事去东海洗澡。他把混天绫当作搓澡巾，往东海里蘸了蘸水，"摆一摆，江河晃动；摇一摇，乾坤动撼"，把东海龙王的水晶宫晃得乱响。

　　龙王敖光命一个"面如蓝靛，发似朱砂"的巡海夜叉去看看，没承想被哪吒拿乾坤圈打得脑浆迸流。这一下子，惹怒了东海龙王三太子敖丙，骑一匹逼水兽冲出水面，与哪吒大战：

　　哪吒急了，把七尺混天绫望空一展，似火块千团，往下一裹，将三太子裹下逼水兽来。哪吒抢一步赶上去，一脚踏住敖丙的颈项，提起乾坤圈照顶门一下，把三太子的元身打出，是一条龙，在地上挺直。哪吒曰："打出这小龙的本相来了。也罢，把他的筋抽去，做一条龙筋绦，与俺父亲束甲。"

这段就是著名的抽龙筋故事。

哪吒这下惹了大麻烦。东海龙王痛失爱子，怒发冲冠，要去天宫告状。哪吒一看，这可不行，我不能让你告状，也驾云上了天宫了。这时候南天门还没开。哪吒身上有一道隐身符，他看得见敖光，敖光看不见哪吒。哪吒正在气头上，索性一不做二不休，把敖光也打了一顿：

古云："龙怕揭鳞，虎怕抽筋。"哪吒将敖光朝服一把拉去了半边，左胁下露出鳞甲。哪吒用手连抓数把，抓下四五十片鳞甲，鲜血淋漓，痛伤骨髓。敖光疼痛难忍，只叫饶命。哪吒曰："你要我饶你，我不许你上本，跟我往陈塘关去，我就饶你。你若不依，一顿乾坤圈打死你！料有太乙真人做主，我也不怕你。"敖光遇着恶人，莫敢谁何，只得应承："愿随你去！"

哪吒对东海龙王父子既抽筋又揭鳞，闯下天大的祸来。敖光也不是软柿子，叫了南海龙王、西海龙王、北海龙王一起去陈塘关找李靖算账。哪吒决定一人做事一人当，既然杀人就要偿命，绝不连累父母，于是剔骨还父，割肉还母，自杀而亡。

但哪吒毕竟不是凡人，他本是天上的灵珠子，应运下凡，肩负着讨伐纣王的历史使命。于是太乙真人用莲花与荷叶给他重新塑造了一个身体。脚踩风火轮，手提火尖枪，哪吒重获新生，而且比原来本领更强了。

　　后来姜子牙出山，武王伐纣，哪吒和他爸爸李靖、大哥金吒、二哥木吒，都下山帮助姜子牙，屡建奇功。商朝灭亡后，他一家四口肉身成圣，上天当神仙去了。

　　这个故事里最有意思的，就是哪吒是从肉球里生出来的。《封神演义》为什么要这么写呢？

　　按神话学的观点来说，这种英雄人物的神奇出生故事，是一种"感生神话"，意思是英雄的母亲往往受到了某种神圣的启示，然后用一种特殊的方式把英雄人物生下来。

　　其实，除了哪吒是从肉球里生出来的之外，神话故事里，还有许许多多的英雄人物，都是从肉球里诞生的。

　　比如《封神演义》里还有个厉害人物，名叫殷郊。他是怎么出生的呢？原著里虽然没说，但是其他民间故事说了。他的母亲姜皇后怀了他很久，最后生出一个肉球。这时候妲己趁机陷害姜皇后，说："皇后娘娘生了个怪物。"纣王十分不高兴，就把肉球扔到郊外。哪知道在郊外，有牛马经过，不敢踩它，绕着它走。又有成群结队的乌鸦飞过来，伸开翅膀，盖在它上面，好像怕肉球冷似的。

这时候，来了一个神仙，名叫金鼎申真人，一看就说："哎呀，这是仙胎呀。"他拔出宝剑，剖开肉球，从里面抱出一个婴儿，抚养他长大成人，教他各种本领。因为他是殷商的王子，又因为一生下来就被扔到了郊外，所以叫"殷郊"。

这个故事好像和哪吒的出生差不太多，没错，这就是一个经典的故事套路。历史上有好多英雄人物，都有这样的故事。

比如周朝的始祖弃，又叫后稷，也有这个故事。《诗经》里说，他生下来的时候，就是一团肉球，和前面的故事一样，被扔到巷子里，牛羊不敢踩它，鸟儿张开翅膀覆盖它。周的民族史诗《诗经·大雅·生民》里是这样写的：

> 诞寘之隘巷，牛羊腓字之。诞寘之平林，会伐平林。
> 诞寘之寒冰，鸟覆翼之。鸟乃去矣，后稷呱矣。

意思是说：不论是把他放在狭窄的小巷、树林，还是寒冷的冰上，后稷都因为各种原因安然无恙。

族人这才觉得他很神奇，把他抚养长大。他非常喜欢种植五谷，以此让自己的民族发扬光大，被尊为周族始祖。因为他一出生就被抛弃了，所以名字就叫"弃"。

甚至唐末起义领袖黄巢，也有一个类似的出生故事，这个故事见于《五代史平话》：

且说曹州冤句县，有个富人黄宗旦，家产数万，贩盐为生，喜聚集恶少。是那懿宗皇帝咸通元年上，黄宗旦妻怀胎，一十四个月不产。一日，生下一物，似肉球相似，中间却是紫罗襄的一个孩儿。忽见屋中霞光灿烂，宗旦向妻道："此是不祥的物事。"将这肉球使人携去僻静无人田地抛弃了。归来不到天明，这个孩儿又在门外啼叫。宗旦向妻子道："此物不祥，害之恐惹灾祸。"遣伴当送放旷野，名青草村，将这孩儿要顿放乌鸢巢内，便是跌下来，他怎生活？过个七个日头，黄宗旦因行从青草村过，但听得乌鸢巢里孩儿叫道："爷爷！你存活咱们，他日厚报恩德！"宗旦使人上到巢里，取将孩儿下来，抱归家里看养，因此命名黄巢。

其实，很多故事都类似，英雄人物的出生，往往都不平凡。你可以回忆一下，孙悟空是不是也这样呢？

孙悟空虽然不是从肉球里生的，却是从石头里蹦出来的。《西游记》里这段描写相当经典：

> 那座山正当顶上，有一块仙石。其石有三丈六尺五寸高，有二丈四尺围圆。三丈六尺五寸高，按周天三百六十五度；二丈四尺围圆，按政历二十四气。上有九窍八孔，按九宫八卦。四面更无树木遮阴，左右倒有芝兰相衬。盖自开辟以来，每受天真地秀，日精月华，感之既久，遂有灵通之意。内育仙胞，一日迸裂，产一石卵，似圆球样大。因见风，化作一个石猴。五官俱备，四肢皆全。便就学爬学走，拜了四方。目运两道金光，射冲斗府。

从各种指标上看，孕育孙悟空的仙石都是与天地自然相通的。孙悟空从一个石卵变化而来，眼睛天生就会发射金光，和哪吒很像。

从石头里蹦出来的还有大禹的儿子启。传说大禹治水的时候，要打通辕辕山，就用神力变成了一头大熊，在那里开山。

他的妻子涂山氏不知道，有一天不小心看到了，大吃一惊，吓得扭头逃走。大禹在后面紧紧追赶，却忘了恢复原形。涂山氏心里一急，就一下子变成了一块大石头。这时涂山氏身怀有孕，只见石头裂开了一条缝，从里面钻出一个小婴儿，这就是禹的儿子启。后来，启开创了夏朝，成为夏朝第一代君王。

其实，我们只要用科学的眼光来看这些故事，就会知道：人类创造的英雄故事，往往都有一个共同的模式。英雄神奇的降生，一定象征着他未来要做出一番事业，绝不会平凡；而降生时的种种奇异表现，往往会让旁人诧异，英雄由此会遭受一系列的歧视、苦难，这也预示着他们在未来人生道路上会遇到异于常人的艰辛。神奇的出生，是英雄注定不平凡的标志。但那些非同寻常的艰难遭际，却是英雄要成为英雄的必经之路。

妲己什么时候变成了狐狸精？

　　《封神演义》里，有一个著名的狐狸精，叫妲己，是纣王的爱妃，专门祸乱商朝天下。作为文学作品里排得上号的美女，妲己很早就与"红颜祸水论"挂上了钩。

　　当然，这只是《封神演义》中的故事，而不是真实的历史。历史上，确实有一个妲己，因为在商王朝的北面，有一个小国，也有可能是一个部落，叫有苏氏。商王朝去攻打有苏氏，大兵压境，有苏氏打不过，只好把族里的一个叫妲己的姑娘送给了纣王。

　　在氏族存亡之际，有苏氏献上妲己以自保，在当时是非常平常的政治事件，在商王朝征服其他小国或部落的过程中几乎天天发生。

这个妲己当然也不是狐狸精，而且，妲己进宫之后，并没有像《封神演义》里说的，天天带着纣王做坏事。甚至她具体做了什么，也没有在历史上留下记载，更没有任何证据说她这个人一手毁了商朝的江山社稷。

那么，妲己是怎么被妖魔化的，又是怎么和狐狸精联系到一起的呢？我们可以先看看她在《封神演义》里的故事。

在《封神演义》里，妲己是个美丽的姑娘，她的父亲叫苏护，被封为冀州侯。纣王听说妲己长得美若天仙，就命苏护把妲己献进宫里，被苏护一口拒绝。纣王勃然大怒，发兵攻打苏护。苏护寡不敌众，只好屈服，亲自护送女儿进京。

哪知道路上经过一个旅馆，晚上一阵狂风吹过，来了一只九尾妖狐，轻轻一口气，就把妲己的灵魂吸走，自己附在了她的身上。从此妲己就不再是那个姑娘了，而是一个狐狸精附体的妖怪：

> 不一时将交三鼓，可煞作怪，忽然一阵风响，透人肌肤，将灯灭而复明。……苏护被这阵怪风吹得毛骨悚然。心下正疑惑之间，忽听后厅侍儿一声喊叫："有妖精来了！"

待苏护前去查看，那妲己就已经是千年狐狸了：

> 方才灭灯之时，再出厅前取得灯火来，这是多少时候了，妲己魂魄已被狐狸吸去，死之久矣，乃借体成形，迷惑纣王，断送他锦绣江山。

这个狐狸精为什么要来呢？原因在纣王自己，几个月前，纣王去女娲庙祭拜。女娲大家是知道的，盘古开天辟地之后，女娲就用黄土造人。但是纣王对女娲不敬，垂涎女娲娘娘的美色，还在女娲行宫墙上写了一首很不恭敬的诗。女娲娘娘大怒，就派了三个妖精（千年狐狸精、九头雉鸡精、玉石琵琶精）祸乱商朝，使其灭亡。

妲己进宫之后，害死了许多人，还教唆纣王铺张浪费。她弄得朝政混乱不堪，是商朝灭亡的最大祸根。直到最后，周军兵临城下，姜子牙抓住了妲己，把她和另外两个妖精一同斩杀了。

我们之前说过，一个王朝的灭亡，有着非常复杂的原因，和当时的历史大势、现实情况关系很大，并不能完全归结于某个帝王的胡作非为。但是，民间故事并不管那些，因为只有怪

罪某些帝王胡作非为，矛盾才会集中，故事才会好看。于是，商朝的覆灭，就全都怪纣王胡作非为了。

那么，纣王为什么会胡作非为呢？小说给出了解释：他起初也没有多么罪大恶极，只是因为对女娲大神不敬，女娲就派了妖精来诱惑他，他这才做出种种罪大恶极的事情来。这体现了我国古代的两种观念："敬天畏神""红颜祸水"。

女娲代表神界，代表上天，尤其她还是创造人类和万物的上古大神，地位更加崇高。天神是得罪不得的，稍有不敬，就会招来严厉的惩罚。

"红颜祸水"呢，这就和古代"男尊女卑"的落后思想有关了。在古人心目中，男性地位尊贵，女性地位卑微。尊贵者之所以会犯错误，一定是受到了卑微者的诱惑。很多故事都是这样：国家灭亡是因为末代昏君，他之所以成为昏君，是惑于女色，总之会怪在女人身上。

当然，把家破国亡这样的大责任赖在女人身上，有些古人也觉得说不过去，就干脆再进一步，说这些女人是妖精变的。来自超自然世界的妖精搞破坏，就有足够的能力，也足够邪恶了。但为什么不直接说这些昏君是妖精变的，反说是女人呢？因为昏君即便昏庸，他也还是贵为帝王。在非常强调君臣地位的封建社会，把责任推给女人是最安全的。

不得不说，这两种思想，放在今天都是值得重新审视的。但在古人那里却很有用：它教育女人要老老实实，不要当"红颜祸水"。男人也要老老实实，因为上面还有老天爷，还有天神盯着你。大家都老老实实，社会就容易稳定，王朝也就容易统治了。

可以搞破坏的妖精很多，但是，为什么大家不说别的动物，偏偏说狐狸呢？

其实你只要翻开中国的各种故事集，比如神话故事、民间传说，找一找这些故事里都有哪些动物成了精。你就会发现：别的动物，什么老虎啊，大象啊，狼啊，小鹿啊，故事都不是太多，唯独狐狸精的故事，一抓一大把。

宋代有一本书叫《太平广记》，里面记载了各种动物成精的故事，别的动物，要么几页，要么几个故事，而狐狸精的故事，足足有九卷之多！甚至要专门把狐狸的故事划为一大类，叫作"狐"。而这些狐狸成精，几乎都是进入人类的家庭，用自己的法术去诱惑人类。

这些故事一直讲到清代。清代大文学家蒲松龄写《聊斋志异》，里面也有其他动物成精，但是最多的，还是狐狸变的狐仙。

其实，大多数狐仙并不是多么恐怖的妖怪，即使妲己，也不是多么恐怖。它们通常喜欢变成美女和人打交道。如果人类对它们不好，它们就会报复人类。比如它们会隐身，会在饭碗里给你掺沙子。你吃着吃着饭，一咬，满嘴的沙子。或者走着走着，哗啦一声，半空中一桶水泼下来，给你淋个透湿。其实妲己也是这样。狐狸精妲己并不是为了做坏事而做坏事，她来祸乱商朝天下，是带了任务的，是一种报复。

但有时候，如果人类对它们友好，它们还会和人类成为朋友。就像刚才提到的《聊斋志异》里，就有很多狐仙是好妖怪，它们能帮助故事里的主角实现自己的愿望。

所以，《封神演义》里妲己是狐狸精，并不是偶然的，因为这种动物容易"成精"。往狐狸身上编故事，不管是好妖怪还是坏妖怪，大家也最喜欢。

为什么狐狸成精的故事最多呢？要回答这个问题，就要知道狐狸的习性。

狐狸这种动物，适应性特别强，它能生活在森林里、草原上，甚至干旱的沙漠里、北极寒冷冰雪中。它很善于打洞，我姥姥家村里，有一家养过狐狸，当时是关在一个栅栏里。过几天一看，没了。原来狐狸特别会打洞，趁人不注意，它就在地上掏呀掏，掏出一个洞，钻出去跑了。

所以，在农村里，狐狸住的地方往往离人住的地方很近，比如村子旁边的坟地，一个个的坟头，狐狸就喜欢掏个洞，住在里面。再比如，谁家搬走了，剩一个空院子，过去都是土墙土房，就会有狐狸掏个洞，住进去。而且，狐狸喜欢吃的东西，也和人类关系很近。比如狐狸喜欢吃鸡，这个你肯定知道。还有，狐狸特别喜欢吃老鼠，老鼠和人住一起，那就会把狐狸吸引来了。

随着人类的繁衍和对大自然的开发，很多动物都远离人群聚集的地方躲得远远的。比如老虎啊，豹子啊，别看它们厉害，它们反倒怕人。但是狐狸因为它的习性，一直和人住得很近。

所以这就出现了一个现象：越是离人近的动物，故事也就越多。比如，你去村里问一问，老虎、狮子、大象的故事，肯定没多少，但要说狐狸啊，黄鼠狼啊，蛇啊，刺猬啊，这些小动物的故事，每个老爷爷老奶奶都能给你讲一大堆。

所以，这就体现了一个重要的问题：野生动物成精的故事，体现了人与自然的关系是什么样的。什么野生动物最容易成精，就说明人类对什么动物最熟悉。

不过，这些和人类做邻居的动物里，蛇太恐怖，黄鼠狼个头又太小，野兔傻乎乎的，只有狐狸，看上去很聪明，有时候还很可爱，人类对它们的感情，是又害怕又喜欢。

狐狸又是神出鬼没的。比如老鼠，虽然也是人类的邻居，但农村的老鼠满地跑，一点神秘感也没有。家养的动物，鸡鸭牛羊猪狗，大家更是看熟了，也就没有神秘感了。狐狸呢，和人类保持了那么一点距离，你很难逮到它，它有时候比你还聪明；但是它又时常出现在你的眼前，这就容易出现神神怪怪的故事了。

可惜的是，我们现在很多人都住在城市里，城市里是没有狐狸生存的空间的，所以今天的城市里，狐狸精的故事也就渐渐消失了。即使是农村，路面硬化了，大家住进了砖瓦房，荒地也越来越少，狐狸生存的空间也基本上没有了。所以这些故事也越来越少了。当然，社会要现代化，人们生活水平要提高，这是天经地义的。但是这些有趣的故事正慢慢消失，也不能不说是一种遗憾吧。

神话故事往往是人类生活实际的反映，妖怪故事也是。人类的居住、生活、饮食、生态，都影响着小动物的生存，它们对人类的反应，又被人类编成了各种故事流传。所以，动物成精故事的背后，我们应该看到更多有趣的东西。

英雄殷郊为什么处在"两难选择"中?

　　前面我们讲了揭龙甲、抽龙筋、天不怕地不怕的英雄哪吒,尽管哪吒经历了一些挫折,甚至一度自杀,不过总的来说他的人生还是顺风顺水的。这次要讲的英雄人物殷郊就没有那么好命了。他这一辈子在家国、父子、兄弟、善恶、对错之间左右摇摆,充满了悲剧色彩。

　　总的来说,殷郊是一位反派。他是纣王的儿子,后来学艺成功之后,下山对抗姜子牙的大军。殷郊这个人物,自然也是虚构出来的。历史上,纣王的儿子叫武庚,并没有殷郊这个人。

　　在《封神演义》成书之前,殷郊的故事就已经在民间流传了。但《封神演义》的有趣之处，是给他的人生履历添油加醋了一回，把故事讲得颇为曲折复杂。

殷郊的一生有两次"反水"。

第一次反的是他父亲纣王。

殷郊本来是殷商的太子，他还有一个弟弟叫殷洪，殷郊十四岁，殷洪十二岁。殷郊是正宫皇后姜皇后生的，血统高贵纯正。纣王百年之后，他就是未来的君王。

哪知道，殷郊成了妲己的眼中钉、肉中刺。因为妲己的目的就是祸乱商朝的天下。第一步她要除掉姜皇后；第二步，当然就是除掉殷郊和殷洪。

那么，她是怎么策划的呢？

首先，她找了一个刺客，进宫假装刺杀纣王。正好这个刺客也姓姜，然后妲己就诬告姜皇后造反，把姜皇后杀了。

姜皇后一死，接着，妲己就要害她的两个孩子。殷郊、殷洪背负着巨大的屈辱和杀母之仇，走投无路，只好逃出了朝歌。两个小孩能跑到哪儿去呢？最后还是叫纣王逮回来了。纣王这时候也是鬼迷心窍，把殷郊、殷洪绑到刑场，要开刀问斩。

这时候，正好有两位神仙驾云经过此地。他们就是元始天尊十二弟子的前两号人物广成子和赤精子。两位大仙袖子一挥，一阵大风，把两个孩子刮跑了。书上是这么写的：

二仙乃拨开云头观看，见午门杀气连绵，愁云卷结。二仙早知其意，广成子曰："道兄，成汤王气将终，西岐圣主已出。你看那一簇众生之内绑缚二人，红气冲霄，命不该绝，况且俱是姜子牙帐下名将。你我道心无处不慈悲，何不救他一救。你带他一个，我带他一个回山，久后助姜子牙成功，东进五关，也是一举两得。"

两位大仙各自认了一个孩子当徒弟。广成子收了殷郊，赤精子收了殷洪，跟他们说："你父王宠幸妖怪，害了你们的母亲。日后你们长大成人，一定要起兵伐纣，报仇雪恨。"从此之后，殷郊、殷洪就跟着两位神仙学本领。

于是，殷郊因为杀母之仇反了自己的亲生父亲，暂时站在了周朝这边。

然而，殷郊第二次反水却是因为姜子牙。

这是怎么一回事呢？话要从多年之后说起：

一转眼好多年过去了，哥俩长大了，本事也学得差不多了，准备下山了。

先下山的是殷洪。赤精子把镇洞之宝阴阳镜给了殷洪。这镜子正面照人死，反面照人活。哪知道刚下山，就碰上了《封神演义》里的大反派申公豹，他是专门和姜子牙作对的。

诡计多端的申公豹决定策反殷洪。他对殷洪说了一通父子纲常的大道理：

> 你乃成汤苗裔，虽纣王无道，无子伐父之理。况百年之后，谁为继嗣之人？你倒不思社稷为重，听何人之言，忤逆灭伦？为天下万世之不肖，未有若殿下之甚者！

当时人讲究"三纲五常"，"三纲"之一就是"父为子纲"，所以这种指责是非常有力度的。殷洪就这么被策反了，转过头来打姜子牙。

幸亏姜子牙这边借来了更厉害的法宝，叫太极图。殷洪被吸进去了，化为飞灰。

又过了一段时间，殷郊也下山了。

这时候，他还不知道殷洪死了。他下山之后，也碰上了申公豹。申公豹故技重施，先大谈父子之情深、江山社稷之重要：

> 你父不久龙归沧海，你原是东宫，自当接成汤之胤，位九五之尊，承帝王之统，岂有反助他人灭自己社稷，毁自己宗庙，此亘古所未闻者也。且你异日百年之后，将何面目见成汤诸君于在天之灵哉？

但是殷郊比殷洪更成熟，这套话能打动殷洪，却打动不了殷郊。他认为父王无道，是不可原谅的。申公豹见这套大道理无效，于是改用手足之情劝说：

> 殿下有所不知。吾闻有德不灭人之彝伦，不戕人之天性，不妄杀无辜，不矜功自伐。殿下之父亲固得罪于天下，可与为仇；殿下之胞弟殷洪，闻说他也下山助周，岂意他（姜子牙）欲邀己功，竟将殿下亲弟用太极图化成飞灰，此还是有德之人做的事，无德之人做的事？今殿下忘手足而事仇敌，吾为殿下不取也。

这次策反奏效了。殷郊乍一听，虽然将信将疑，却将此事记在心上。验证了弟弟确实死于姜子牙之手后，殷郊"大叫一声，昏倒在地，众人扶起，放声大哭"，失去弟弟的痛苦盖过了一切。

于是，在天命、宗庙、父子、师徒、兄弟之间的抉择中，殷郊最终站在了兄弟这边，再次反水，攻打姜子牙。

殷郊可比殷洪厉害多了。他有三头六臂，法力高强。而且他师父也管不了他了，因为广成子已经把最厉害的法宝番天印给他了。这下，西岐损兵折将。姜子牙费尽千辛万苦，到各路神仙那里借来了三面宝旗，这才抵挡住了番天印，追杀殷郊。

这时候殷郊还不服输，跑着跑着，前面一座大山挡路，他举起番天印一砸，轰隆隆一声巨响，竟然把一座大山生生砸出一条路来！没想到他刚跑进去，两片大山轰隆一声，又合二为一，把殷郊挤在里面，动弹不得，只剩脑袋露在外面。西岐的人马这才上去，把殷郊杀了。

殷郊的故事，基本就是这样。当然，他的故事好看的地方，首先是他法力高强。他的本领和哪吒差不多。哪吒是三头八臂，他是三头六臂：两只手使一条方天画戟，一只手拿番天印，一只手拿落魂钟，两只手拿雌雄双剑。除了番天印，落魂钟也厉害得很，两军阵前一摇，对方就会魂飞魄散，人事不

省。殷郊一身本事，加上这一套法宝，哪吒也不是他的对手。

但是，殷郊在书里的意义，并不只这些，因为书里厉害的人太多了。殷郊在《封神演义》里的意义，在于他是一个最大的悲剧英雄。

前面说过，殷郊反水之前，还有一个先反水的殷洪。殷洪

82

头脑就很简单，申公豹跟他一说："你是儿子，怎么能反你父亲呢？"殷洪就信了。

但是，到了殷郊这里，情况就不一样了。

实际上，殷郊的心态是十分复杂的，有四个层面的因素：第一层是刻骨的深仇——杀母之仇；第二层是他跟纣王毕竟有父子关系；第三层就是他跟师父广成子之间的师徒之情；第四层就是他跟殷洪之间的手足之情。

这四个层面正好是两两相对的——杀母之仇、师徒之情，促使他帮西岐反商朝；而对面的是父子之情和手足之情，又让他反对西岐。正好相当于一架天平，左边两个砝码，右边两个砝码，重量还都差不多。这天平一直晃来晃去，就可见他内心是多么挣扎了。

父子之情跟母子之情，两个砝码就算抵消了。那么剩下的师徒之情和兄弟之情能不能抵消呢？事实上，殷郊是极其艰难的，但是他最终必须选一个，他选的是兄弟之情。

因为他人生的前十二三年是跟他的亲弟弟一块儿玩大的，两人同甘苦共患难，一起上断头台。后十二三年他是跟随广成子学艺的。最终，手足之情胜过了师徒之情。

所以，殷郊的选择是一种出于人性的选择。换句话说，

《封神演义》塑造殷洪这个人物，其实还是为了写殷郊，是为了给殷郊多一层纠结的理由，在他感情的天平上多一个砝码，让他心灵的抉择更加艰难。这样，我们才觉得他的抉择太痛苦了。

《封神演义》里的殷郊，是一个典型的处于两难选择的主人公。其实在别的故事里，我们也可以看到这种两难选择的主人公。

传奇小说集《玄怪录》里有篇著名的修仙故事《杜子春》，也包含了深刻的选择命题，而且还是一道多选题。

故事里的主人公叫杜子春，是一个特别有修道天分的人，后来有个很有段位的老人帮助他修炼成仙，告诉他一会儿会出现很多幻觉，不管发生什么，只要不动不说话就能过关。

乍一听似乎很容易。不久，杜子春就看到猛虎、毒龙、狮子、蝮蛇、夜叉、阎罗王等各种可怕的东西相继出现，但他都不为所动，表现得很淡定。

眼看着通关就要完成了，这时杜子春变成了一个女人，生下一个可爱的小孩，眼见着别人要把他的孩子摔在石头上，杜子春突然心生不忍，叫了出来，修仙也就失败了。

杜子春为了成仙，克服了各种人的情感，但是在"爱"上不忍舍弃。在成仙的逍遥和坚持人的价值上，他还是选择了人性。

两难选择，往往要付出代价，而且一定是非常痛苦的。因为两边的价值几乎是对等的。选择了这边，就等于放弃那边。于是这种主角，往往带上了一层悲剧的色彩。

那么，故事里为什么要设计这种两难选择的主角呢？很简单，任何故事，都不是叮叮当当乱打一气，热闹一回就完事了，而是要深入到人物背后。主角选择了什么，就代表他认可什么价值。如果是轻轻松松选择的，那还说明不了什么。只有他放弃了和这种价值分量对等的东西，甚至宁愿付出沉重的代价，才显得他的选择是可贵的。

随着我们的成长，会慢慢知道，人世间的各种东西，亲情、友情、爱情、事业……虽然听起来都很美好，但并不是全都能顺利得到的，甚至有时候，它们是两两尖锐对立的。我们真正成长的标志之一，就是要懂得不可兼得的道理。

既然不能轻飘飘地得到，那么，我们选择什么，就意味着放弃另外一些东西，而放弃了什么，就意味着要付出相应的代价，这就成了一个非常非常重要的问题。

所以，文学作品中，会反复出现这种两难选择的主人公，这种主人公，其实就是我们日常生活中各种选择的化身。选择亲情也好，友情也好，爱情也好，或者反过来，选择它们对立面的东西，其实并不分孰对孰错。因为这所有的一切，都是人性的各个侧面，正是在这种艰难的抉择过程中，我们看到了人性的闪光。而所有文学作品中人物的选择加起来的总和，其实就是可贵的人性本身。

姜子牙都封了哪些神？

　　《封神演义》全书长达一百回，出现了那么多人物，其中有名有姓、家喻户晓的很多形象都被封了神。

　　你可能会产生这样的疑问：这些神仙都是管什么的呢？它们有没有一个谱系呢？就像班级中有各种学生干部，政府机关有各种职能部门，神仙是否也有类似的体系和排列顺序呢？

　　其实《封神演义》作者的本意，是想对神仙谱系有一番规划的，原文说有"八部正神"：

　　　　八部分上四部雷、火、瘟、斗，下四部群星列宿、三
　　　　山五岳、布雨兴云、善恶之神。

而且每部神都有一位首领，比如黄飞虎为五岳之首，闻太师为雷部之首，罗宣为火部之首，吕岳为瘟部之首，金灵圣母为斗部之首。

不过，大概是这部书写得有点仓促，到底是哪八部，作者也没有说得很清楚。整张封神榜上的神灵名单，也不免有些混乱。但如果仔细看，还是能看出作者的逻辑的，那就是：封神榜上的神灵，全都和普通老百姓的日常生活息息相关。没有哪个神是虚设的、不管事的，而且也很少有为帝王将相、江山社稷服务的。这些神直接面对的都是老百姓的柴米油盐。

为什么这么说呢？我们可以先看看作者所谓的前四部"雷、火、瘟、斗"都在管什么。

前四部的第一部是"雷"。雷神掌管的是兴云布雨。像刮风下雨、电闪雷鸣这些事，都是雷部去干。今天我们可能不觉得"兴云布雨"是多么重要的事，但是对于以农业为支柱产业的古代社会，一年的降雨可直接决定收成。因为农业是靠天吃饭的，老百姓最基本的希望，就是雨水丰足、五谷丰登。民以食为天，雷部理所当然地成了各部之首。

雷部以闻太师为首，手下有二十四位天君，此外还有金光圣母、菡芝仙。金光圣母主管闪电，菡芝仙主管刮风。

金光圣母为什么管了闪电呢？书里说，金光圣母是闻太师摆开的十绝阵里的金光阵主，她骑着五点斑豹驹，手提飞金剑，她的阵里有二十一根高杆，每根杆上吊着一面镜子。每面镜子上有一个镜套，套住镜子。用的时候把绳子拽起来，露出镜子，发动雷声。镜子发出金光，就把人照死，皮肉不存：

> 金光圣母下驹上台，将二十一根杆上吊着镜子，镜子上每面有一套，套住镜子。圣母将绳子拽起，其镜现出，

把手一放，明雷响处，震动镜子，连转数次，放出金光，射着萧臻。大叫一声，可怜！正是：百年道行从今灭，衣袍身体影无踪。

你看，金光圣母善于用镜子放光，而金光阵的威力和我们生活中见到的闪电十分相近。所以她死后，被派去管理闪电。

雷部还有一位菡芝仙，相当于《西游记》中的风婆婆。菡芝仙是三霄娘娘的助手，脚踏风云，用一个风袋放风：

菡芝仙见势不好，把风袋打开，好风！怎见得，有诗为证：能吹天地暗，善刮宇宙昏。裂石崩善倒，人逢命不存。

这个风袋，又在《西游记》中"风婆婆"手里出现过，是个风神"标配"的法宝，所以菡芝仙最后也被封为风神。

火神在古代的民间，地位也非常崇高。因为火在古人的生活中非常重要：第一，人们日常生产生活中，无论做饭、取暖，还是炼铜炼铁、烧砖盖房，都要用火。火是能量的来源。第二，中国传统建筑多数是木结构的，最怕着火，而且一失火经常会延烧很大一片。火灾是历史上最经常、最普遍的灾害。所以火是双刃剑，既可以为民造福，也可以造成重大的伤害，古人认为火是神秘莫测的，自然会觉得要由神灵来管。人们又想火神保佑自己，又怕得罪了他。

《封神演义》把这个重要的位置封给了罗宣，在书中他叫"南方三炁火德星君正神"，"率领火部五位正神，任尔施行，巡察人间善恶"。

罗宣是商朝阵营的重要人物，主要事迹就是放火焚烧了西岐城。《封神演义》第六十四回《罗宣火焚西岐城》中描写了罗宣的外貌：

> 且说辕门外来一道人，戴鱼尾冠，面如重枣，海下赤髯，红发三目，穿大红八卦服，骑赤烟驹。

的确是火神，脸、胡子、头发、衣服、坐骑，浑身上下一片红。在现出神通时，他的形象是：

> 罗宣见子牙众门人，不分好歹，一拥而上，抵挡不住，忙把三百六十骨节摇动，现出三头六臂，一手执照天

印，一手执五龙轮，一手执万鸦壶，一手执万里起云烟，
双手使飞烟剑。

三只眼睛、三头六臂，六只手上分别有照天印、五龙轮、
万鸦壶、万里起云烟和飞烟剑，相当于各种放火的器具。此
外，他的神通还有火遁，也就是借助火的力量逃跑。

"雷火瘟斗"的第三部是"瘟"。瘟神，肯定是管瘟疫的。
瘟疫，在古代主要指大规模的传染病。现在我们所说的流感、
鼠疫等流行病，在古人那里都可以归为"瘟疫"。古代医学不
发达，人们不知道传染病的成因，于是就认为是瘟神在作怪。
瘟疫不同于普通疾病，它一发作就是一大片，波及成千上万
人，所以在古代老百姓那里，瘟神也拥有崇高的地位。

瘟疫很可怕，《封神演义》里的瘟神也很厉害。苏护奉命
攻打西岐，给西岐造成很大麻烦的，就是瘟神吕岳。别小看这
个瘟神吕岳，他的实力几乎顶得上半个"十绝阵"。不但他自
己厉害，他手下还有东西南北四个瘟神。

吕岳第一次出场时的法术，就是在水里投毒：

> 吕岳至一更时，分命四门人，每一人拿一葫芦瘟丹，

借五形遁进西岐城。吕岳乘了金眼驼，也在当中，把瘟丹用手抓着，往城中按东、西、南、北，洒至三更方回。不表。且说西岐城中哪知此丹俱入井泉河道之中，人家起来，必用水火为急济之物，大家小户，天子文武，士庶人等，凡吃水者，满城尽遭此厄。不一二日，一城中烟火全无，街道上并无人走。皇城内人声寂静，止闻有声唤之音。

这段描写，其实体现了传染病的传播途径：很多传染病是通过地下水、井水、河水等途径来传播的；在这个神话故事里，就有一位瘟神，偷偷地往井水里撒瘟丹。

后来吕岳觉得"生化武器"不够先进，又炼成了"瘟瘟伞"和"瘟瘟阵"。在穿云关下把姜子牙的大军挡住，摆了一座瘟瘟阵，里面放了二十一把瘟瘟伞，按照九宫八卦方位摆列停当：

吕岳上了八卦台，将一把瘟瘟伞往下一盖，昏昏黑黑，如红纱黑雾罩将下来，势不可当。子牙一手执定杏黄旗架住此伞。可怜！正是：七死三灾扶帝业，万年千载竟留芳。

"瘟瘟伞"和"瘟瘟阵"如同红纱黑雾一般，向四面八方播撒，这和瘟疫的传播也很接近。古人认为瘟疫就是通过毒气、毒雾散播的。直到故事最后，吕岳率领六位瘟神上台受封时，整个氛围也是阴惨惨的，"只见惨雾凄凄，阴风习习"。

《封神演义》里还有一种和瘟神相似的神，是痘神。痘神之首叫余化龙，他是潼关的主将，有余达、余兆、余光、余先、余德五个儿子。他们的神通是撒痘之术，专门去敌营播撒：

> 余德取出五个帕来，按青、黄、赤、白、黑颜色，铺在地下。余德又取出五个小斗儿来，一人拿着一个，"叫你抓着洒，你就洒；叫你把此斗往下泼，你就泼。不用张弓射箭，七日内死他干干净净"。兄弟五人，俱站在此帕上。余德步罡斗法，用先天一气，忙将符印祭起。

痘又叫天花，在古代中国，乃至当时世界上，天花可能是最厉害的一种传染病。尤其是小孩子，很容易得天花而夭折；

即便不死，脸上也会留下凹坑，也就是所谓"麻子"。长期以来，古人面对天花没有什么好办法，无论贫家富户，都束手无策，只能祈祷不要降临在自家孩子头上。在这种心态之下，古人当然会认为神灵在管着孩子生不生痘，对他们顶礼膜拜。

"雷火瘟斗"的第四部"斗"，我们会在之后的章节里专门讲。总之，斗部众神管的都是老百姓的日常生活，比如出行、盖房、姻缘、考试等方方面面。

斗部之后还有管理财富的财神，主管生育的三霄，主管"风调雨顺"的四大天王。这些神，顾名思义，全都是为了满足老百姓日常需要创造出来的。

所以，一部"封神榜"，虽然看起来部门繁多，彼此的关系也令人眼花缭乱。但这些神灵不是仅凭作者一个人的想象力创造出来的，而是世代累积的结果，他们的背后是源远流长的民间信仰和老百姓的诉求。

古人正是通过这些神，表达了自己对于世界秩序的理解，表现了自己对于现实生活的关切和需求。所以，我们从普通人生老病死、衣食住行的角度去认识和想象诸神，就可以更快更好地了解他们的来龙去脉与前世今生。

为什么"好人""坏人"都能封神?

不论是看电影、电视剧还是读小说,我们的第一反应经常是先大致区分出"好人"和"坏人",或"正派"和"反派"。

《封神演义》里"正派"的一方,就是周武王、姜子牙率领的"好人阵营";"反派"的一方,就是以纣王为首的"坏人阵营"。有趣的是:"好人阵营"里如果有人不幸牺牲,灵魂就会上封神榜,最后被姜子牙封神;但是"坏人阵营",也就是失败的一方,也有很多人物封了神,这是为什么呢?

首先,我们要知道,老百姓认为一个人是"神灵",原因非常多,有时候是对这人的敬重,有时候是对这人的同情,有时候是对这人的畏惧。

96

对人的敬重，就是第一种情况。反派阵营里有许多人物，他们虽然和正派势力作对，最后失败了，但他们的人格十分崇高，应该成为神灵，为人敬仰。例如闻太师。

闻太师是姜子牙最大的敌人，攻打西岐主力军的统帅。他发现姜子牙准备造反，各路人马都镇压不住，就亲自率领三十万大军，征伐西岐。闻太师在纣王的大臣里，算是实力最强的反派人物了，但他对商朝忠心耿耿，值得尊重。所以死后被封为雷部之首：九天应元雷声普化天尊，执掌正义。谁要是干坏事，闻太师就用雷劈他们。

反派人物，却当了执掌正义之神，这就是作者给闻太师的奖励。这在别的小说里也是少有的。《封神演义》的特点就是这样：所有的故事结束之后，姜子牙封神，更多的根据，是这个人生前的人格，而不是他曾经属于哪个阵营，也不是他是失败者还是成功者，不以成败论英雄，这正是我们中国文学可贵的地方。

《封神演义》里还有很多类似的小人物，往往都是商朝这边镇守一方的将领。例如镇守潼关的余化龙，和五个儿子一起抵挡周军，最后五个儿子被杀，余化龙也自杀殉国。虽然余家的本领比不上闻太师，但是这种为国尽忠的精神值得嘉奖，所以他一家也上了封神榜，被封为痘神。

我们看《三国演义》的时候，会发现里面也有很多这样的人物。例如曹魏的大将庞德，带兵迎战关羽。关羽算故事里的正派，那庞德就应该算反派了。但是作者写庞德的时候毫无恶意，比如写他出阵前抬了一口棺材，声称不是他杀了关羽，就是关羽杀了他，总之这口棺材必然会抬一个人回去。

庞德跟关羽大战几场，展现了不输于关羽的武力。但最后关羽用水攻之计，把他擒住了。庞德宁死不屈，被关羽斩首。他虽然是反派，却表现出毫不输于正派人物的光芒。

又比如吴国的周瑜是诸葛亮的死对头，几次三番设毒计，要陷害诸葛亮。然而，也正因为他一心效忠东吴，我们并不觉得他的这些努力有什么不妥。等他最后壮志未酬，年纪轻轻就去世的时候，我们仍然会同情伤感，认为这个人值得敬重。

又如秦末楚汉相争，双方是刘邦和项羽，刘邦最终取得了胜利。按理说，正派是刘邦，反派是项羽。但司马迁在《史记·项羽本纪》中，却把项羽写得志向远大、英勇盖世，甚至把刘邦都比了下去。这就是即使失败，也依然为人激赏的英雄。

第二种封神的人物，体现了人们对他的同情，最典型的就是被封为太岁神的殷郊。之前我们说过：殷郊身负血海深仇，却面临着一个两难选择。他背弃师命，帮助纣王抵挡周军，实在出于不得已。他这种悲情英雄，很容易得到人们的同情。于是他也被封为太岁神。

又比如赵公明，他本来在山里好好地修行。闻太师攻打西岐，请他来帮忙，没想到他这一下山就没能回去。赵公明本领很大，死后被封为财神，也就是今天常说的"财神爷"。这也体现了作者对这位人物的同情。

这些人物在封神榜里特别多，因为都是各为其主（或为了朋友）而捐躯的，所以不管为哪方作战，都值得同情。像书里有两个人，一个叫郑伦，是周朝的将领；一个叫陈奇，是商朝的将领。两人本领不相上下，兵器坐骑也一样；法术也差不多：郑伦鼻子里能哼出两道白光，陈奇嘴里能呼出一股黄气，敌人遇到了都会落马。两人最后都战死了，书里并没有偏向谁，封他们为"哼哈二将"，是寺庙的护法神，一左一右，站在山门的两侧。

《封神演义》里还有一些人物，并没有死在战场上，只是无辜被害，作者也给他们封了神。最典型的如纣王的妻子姜皇后，被妲己无辜陷害，含冤而死；纣王的妃子黄氏和黄飞虎的妻子贾氏，也因为反抗纣王的暴行而死。她们都被封为地位很不错的神，这就体现了作者对她们的同情。

第三种人被封神，体现了人们对他们的畏惧。

比如书里有两位奸臣费仲、尤浑，做了很多坏事，死后被封为"卷舌星"和"勾绞星"，主管给人降下口舌争斗等不顺的事情。老百姓想：人生在世，总会遇到好事和坏事，这些大

概都是上天降下的吧。好事当然由好人成的神管着，那么坏事谁管呢？干脆就让坏人也成神，让坏人来管吧——反正他们生前也是坏人。

又如瘟神吕岳，他能够散播瘟疫，具有强大的破坏力，这就让人们感到畏惧，就封他为地位很高的大神，甚至和雷、火、斗并列为四部之一。

所以《封神演义》里的神灵名单是很有意思的，世界上并没有神，所以文学作品里的"神"，体现的其实是老百姓的复杂心理：他们当然会拥护正派人物，但也会敬重反派人物的人格；他们会向往宏大的功业，但也同情个体不幸的遭遇。他们赞赏品德高尚的"好人"，但也不敢招惹卑劣的"坏人"。他们同情无辜受难的弱者，却也害怕能够带来破坏的强大力量。所以，一部《封神演义》，明着是写了若干个神灵，背后其实写的是普通人的心理。

为什么说闻太师是一位悲剧英雄？

闻太师是《封神演义》里的大名人。我们读者即便是站在姜子牙这一边的，对哪吒、杨戬、雷震子这些正方英雄人物如数家珍，恐怕也无法忽略"反派大佬"闻太师。毕竟他相当于姜子牙阵营最大的对手，对整个战局有着很重要的影响。

按照我们一般的理解，越是厉害的反派，在被打败之后遭受的防范和惩罚就会越严重。但我们回忆一下最后的封神环节，闻太师不仅被封到了最重要的雷部——神仙各部之首，并且还是雷部之首，地位极其尊崇：

子牙曰："今奉太上元始敕命：尔闻仲曾入名山，证修大道，虽闻朝元之果，未证至一之谛，登大罗而无缘，位人臣之极品，辅相两朝，竭忠补衮，虽劫运之使然，其贞烈之可悯。今特令尔督率雷部：兴云布雨，万物托以长养；诛逆锄奸，善恶由之祸福。特敕封尔为九天应元雷神普化天尊之职，仍率领雷部二十四员催云助雨护法天君，任尔施行。尔其钦哉！"

闻太师被封为九天应元雷神普化天尊，率领雷部二十四位正神兴云布雨，而且负责执掌正义，诛逆锄奸。

之前说过，反派人物被封为执掌正义之神，是因为闻太师这个人不但本领出众，人格也相当高。他既然是商朝的大臣，就全心全意保护商朝的安全。他忠心耿耿，力挽危局，明知违逆天命也要尽力报国，最终壮烈殉国。作者是花了很大的力气来写这位悲剧英雄的。

闻太师个人本领十分出色，他手拿雌雄双鞭，是两条龙化成的，飞在空中，可以随意打人。他的坐骑墨麒麟能够四蹄离地，飞驰天下：

太师骑了墨麒麟，挂两根金鞭，把麒麟顶上角一拍，

麒麟四足自起风云，霎时间周游天下。有诗为证：四足风
云声响亮，麟生雾彩映金光。周游天下须臾至，方显玄门
道术昌。

闻太师是军中主帅，一般不轻易出手。那么，他的近战能

力如何呢？在为数不多的下场实战中，闻太师能和西岐这边武力一流的黄天化打得不相上下：

闻太师大叫一声，提鞭冲杀过来，有黄天化催开玉麒麟，用两柄银锤挡住闻太师。菡芝仙在辕门，怒从心上起，恶向胆边生，纵步举宝剑来助闻太师，这壁厢杨戬纵马摇枪，前来敌住了菡芝仙。彩云仙子见杨戬敌住了菡芝仙，仗剑冲杀过来，哪吒大喝一声："休冲吾阵！"脚蹬风火轮，战住了彩云仙子。

这阵仗，相当于姜子牙和闻太师双方阵营都是单兵对抗，全部一打一，打到后来，闻太师阵营的神仙纷纷输掉了：

且说姜子牙大战闻太师。菡芝仙把风袋打开，一阵黑风卷起，不知慈航道人有定风珠，随取珠将风定住，风不能出。子牙忙祭起打神鞭，正中菡芝仙顶护，打得脑浆迸出，死于非命——一道灵魂往封神台去了。彩云仙子听得阵后有响声，回头看时，早被哪吒一枪刺中肩甲，倒翻在地；复加一枪，结果了性命。也往封神台去了。闻太师力战黄天化，又见折了三人，无心恋战，掩一鞭，暂回老营。

闻太师手下的神仙，死的死，伤的伤，他和黄天化依然在苦战，保持高强度对抗。

等到闻太师这边打到山穷水尽，他自己形单影只，只能单打独斗的时候，他也不是那么容易被打败。阐教这边抱着"赶尽杀绝"的目的，叫云中子在绝龙岭设下了九根通天神火柱，把闻太师困在当中，每根柱子裂开之后，飞出四十九条火龙。云中子怕闻太师从上面跑了，九根柱子顶上又扣上了一件厉害法宝：燃灯道人的紫金钵盂。一下子烈火熊熊，这才把闻太师烧死：

不知云中子预将燃灯道人紫金钵盂磕住，浑如一盖盖定。闻太师哪里得知，往上一冲，把九云烈焰冠撞落尘埃，青丝发俱披下，太师大叫一声，跌将下来。云中子在外面发雷，四处有霹雳之声，火势凶猛，可怜成汤首相，为国捐躯。

也就是说，姜子牙阵营中的各路神仙对闻太师一众人一路穷追猛打，打到最后只剩闻太师了，还需要云中子再加上燃灯道人的法宝，才最终把他打败。不得不说，他的硬实力是非常强的。

闻太师不仅硬实力强，软实力更是过硬。他交游很广，只要他出面邀请各方势力保卫商朝，那些人都会答应。比如，闻太师没亲征之前，先是请来了九龙岛四圣，王魔、杨森、高友乾、李兴霸，后来又亲自带兵，去金鳌岛请来了十位天君，在西岐摆下了著名的十绝阵。为了加上"双保险"，他又请来峨眉山赵公明。这些人物个个神通广大，给西岐方面制造了不少麻烦。

但是，光本领厉害是远远不够的，要想号令众神，还要有使大家敬佩的人格魅力。尤其是雷部，姜子牙封神的时候说，雷部诸神的使命是"诛逆锄奸"，所以雷部之首要格外地公平正义、赏罚分明、明辨善恶是非。

而这个素质，恰恰是闻太师最出众的特质。

《封神演义》这本书里，两大阵营对战最基本的逻辑，就是商纣王是无道昏君，再加上殷商气数已尽，在道德和天命两方面都必然要被周政权取代。总的来说，周与商的对决就是正义与邪恶之间的较量。

但是，邪恶阵营并不是全员恶人，至少我们早就知道，忠心耿耿辅佐纣王的还有比干、商容、微子这样的臣子，而其中最有能力且最有可能挽狂澜于既倒、扶大厦于将倾的就是闻太师。

闻太师是商朝的托孤重臣、两朝元老，他对于商朝真的是竭尽忠诚。就在纣王荒淫享乐、把商朝搅得一团糟的时候，闻太师正在平定北方几路诸侯的造反。

刚刚班师回朝，本来可以歇一会儿，结果正好遇到给亚相比干送葬的队伍，闻太师一听他不在的这段时间里纣王干的那些事，顿时气不打一处来，书里写道：

> 闻太师听得此言，心中大怒，三目交辉，只急得当中那一只神目睁开，白光现尺余远近，命执殿官："鸣钟鼓请驾！"百官大悦。

第二天他就上了一道奏章，列了十条意见：

> 第一件：拆鹿台，安民心不乱；第二件：废炮烙，使

谏官尽忠；第三件：填蛮盆，宫患自安；第四件：去酒池、肉林，掩诸侯谤议；第五件：贬妲己，别立正宫，使内庭无蛊惑之虞；第六件：勘佞臣，速斩费仲、尤浑而快人心，使不肖者自远；第七件：开仓廪赈民饥馑；第八件：遣使命招安于东南；第九件：访遗贤于山泽，释天下疑似者之心；第十件：纳忠谏，大开言路，使天下无壅塞之蔽。

可以说，条条都切中时弊，把商朝当前的问题摸得一清二楚。

不仅如此，闻太师对纣王的臣子也秉持着不偏不倚、公平对待的态度。对于佞幸之臣费仲、尤浑，他绝对不会心慈手软，并不会因为纣王的偏爱，出于庸俗的自保心理，而对他们睁一只眼闭一只眼。

十条治国意见列出来之后，纣王对于拆鹿台、贬妲己、斩费仲和尤浑都比较抵触。正在僵持间，费仲、尤浑这两个奸臣，仗着纣王平日的宠爱，不识好歹，与闻太师发生了争执，但闻太师的做法十分干脆果断：

太师听说，当中神目睁开，长髯再竖，大声曰："费仲巧言惑主，气杀我也！"将手一拳，把费仲打下丹墀，面门青肿。只见尤浑怒上心来，上殿言曰："太师当殿毁打大臣，非打费仲，即打陛下矣！"太师曰："汝是何官？"尤浑曰："吾乃是尤浑。"太师笑曰："原来是你！两个贼臣表里弄权，互相回护！"趋向前，只一掌打去，把那奸臣翻斤斗跌下丹墀有丈余远近。唤左右："将费、尤二人拿出午门斩了！"当朝武士最恼此二人，听得太师发怒，将二人推出午门。

闻太师劈脸就是一拳，把费仲、尤浑二人打得鼻青脸肿，不等纣王发话，就下令将二人拖出午门斩首。要不是纣王求情，闻太师就真的把他俩杀了。

处理完朝政，闻太师就率领军队，前去与姜子牙大军展开了旷日持久的战争。其间，他为商朝来回奔走，从来不计艰险，不计较个人得失，一片忠心天地可鉴。

在闻太师生前的最后一战中，《封神演义》的作者把他"明知不可为而为之"的决绝与勇敢描写得相当出色和感人。

比如，即使连连兵败，大势已去，闻太师依然不肯认输，一定要奋战到最后一刻。他和黄天化的对决就是很典型的体现：

次日，起人马望黄花山进发。行至巳牌时候，猛见前面红旗招展，号炮喧天，见一将金甲红袍，坐玉麒麟上，使两柄银锤，刺斜而来，大呼曰："奉姜丞相令，等候多时！今兵败将亡，眼见独力难支，天命已定。此处不降，更待何时？"闻太师见黄天化阻住去路，大怒，骂曰："好反叛逆贼，敢出此言欺吾！"催开墨麒麟，单鞭力战黄天化，鞭锤相架，战在山前。

黄天化说此刻的闻太师是天命已定，独木难支，真的是大实话，相信闻太师自己也心知肚明。不过这并不能使他气馁，反倒是愈挫愈奋，坚持战斗到底。

之后闻太师的军队继续损兵折将，他看到眼前一座高山，景色凄凉，不觉悲从中来，作者写到此处或许也动了感情：

且言闻太师见后无袭兵，领人马徐徐而行。又见折了余庆，辛环带伤，太师十分不乐，一路上思前想后。人马行至晚间，有一座高山在前，但见山景凄凉，太师坐下，不觉兜底上心，自己吟诗嗟叹。诗曰：回首青山两泪垂，三军凄惨更堪悲。当时只道旋师返，今日方知败卒疲。可恨天时难预料，堪嗟人事竟何之！眼前颠倒浑如梦，为国丹心总不移。

闻太师是一个忠于社稷，并且也忠于自己的悲剧英雄，他在人事上尽了最大的力量，在为人上也挑不出什么毛病，他对抗的就是天命。即使是为十恶不赦的商纣王效力，他的人格光辉也完全掩盖不了。

甚至他死后，仍然灵魂不散，回到朝歌，给纣王托梦，说："老臣我已经为国尽忠，希望陛下勤修仁政，求贤辅国，千万不要荒淫无道。我走了。"直至最后一刻，他还在惦记着大商的江山社稷。

这也难怪他的手下都对他十分敬重，就连老对手姜子牙，最后也把他封为雷神之首。闻太师的灵魂进封神台的时候，作者最后给他刻画了一笔：

子牙命柏鉴，引雷部正神上台受封。只见清福神持引魂幡出坛来引雷部正神。只见闻太师，毕竟他英风锐气不肯让人，哪里肯随柏鉴？子牙在台上看见香风一阵，云气盘旋，率领二十四位正神，径闯至台下，也不跪。

柏鉴是负责引导众神听封的。但闻太师"英风锐气不肯让人"，即使是最后受封的时刻，他也没有真正向老对手低头。

在人物塑造方面，他基本可以说是《封神演义》最高水平的代表了。一个如此纯粹且正义的"反派"，最后用尽全力但不得不接受失败的结局，这样一个人物即使放在整个古代小说史上也是熠熠生辉的。

其实早在清代，闻太师的威望就已经很明显了。当时的大学问家俞樾在《茶香室丛钞》中记录道：

至闻太师威灵尤赫。岁旱虔祷，雨即立降。或有冤抑诣庙申诉，神即惩治，甚至霹雳一声，被控之人已为灰烬。彼地奉之尤虔。此与西藏唐僧孙行者等师徒四众庙、闽省齐天大圣庙，皆以寓言而为。后世信奉并著，灵异可知，人心所向，神即因之，不必实有其人也。

那时的老百姓就已经把他看作特别灵验的雷神，善恶分明，为人们主持正道。哪怕他是个虚构出来的人物，但人们发自内心地希望真有这么一个英雄来帮助大家，于是也就不在乎真假了。

从托孤重臣、完美的悲剧英雄，到诸神之首，闻太师的故事带给我们这样一个启示：有时候评价一个人，并不在于他的立场，而在于他的人格。不论人生境遇如何，只要能坚守自己的价值，这种人格的光辉，就是足以照耀他人的。

奇奇怪怪的星神都在管什么？

　　《封神演义》里，姜子牙最后封神时，有一个庞大的部门叫"斗部"，这里面奇奇怪怪的星神特别多，名字一般都叫"某某星"。例如玉堂星商容、天贵星姬叔乾、天赦星赵启、丧门星张桂芳……甚至纣王都封了一个"天喜星"。

　　那么，这些所谓的"星"，天上有没有呢？和我们常说的实际中的八大行星、恒星、卫星又有什么关系呢？

　　答案是：少数有那么一点点关系，但大部分已经离实际的"星"很远很远了。

　　首先，我们来讲一讲斗部一位重要的星神：太岁。

　　《封神演义》里有一个著名的人物，叫殷郊。之前已经介

绍过，这个人是纣王的太子、姜皇后的儿子，母亲被狐狸精妲己设计害死，他也是妲己的眼中钉、肉中刺。他被周武王阵营的广成子收为徒弟，发誓杀掉纣王。谁知他学成武艺，下山之后碰到了申公豹，一番花言巧语，他被策反了，掉过头来帮着纣王打姜子牙。殷郊死后，被封为"太岁"。

有人会问，这个太岁是什么东西呢？这还真得说一说。

　　夜空中，我们肉眼可见的行星共有五个：金、木、水、火、土。其中木星是特别明亮的，很多时候，我们晚上一抬眼就能看见。它围着太阳绕一圈的时间，也很稳定，是将近十二年。所以，远古的人没有别的办法纪年的时候，就看木星的位置，木星绕了一圈，就是十二年过去了。年就是岁，所以，木星又叫"岁星"。

　　但是，岁星是一个实际的天体，它并不会听你的，并不是不多不少、整整齐齐地十二年转一圈。它实际上是11.86年转一圈。这样一来，转几圈之后，就像钟表走快了一样，会超出好多。

　　对这个问题，古人也没有办法，即使在今天，也不能发射一艘宇宙飞船，把它拖慢点。

　　古人的办法就是：干脆我们也别管它了，我们创造一个"听话"的假岁星得了。于是古人就想象，天上还有一颗星星，就是严格地、均匀地十二年走一圈的。这个假想出来的星星，就叫"太岁"。它每年正好走过天空的十二分之一。这样，就可以根据太岁所在的位置纪年。今天大家耳熟能详的十二生肖，还有十二地支"子丑寅卯辰巳午未申酉戌亥"，其实都和这套纪年法有关系。

太岁本来就是为了纪年创造出来的，是天文学家的事情。但是老百姓不管那套，老百姓一看，这个太岁可不得了，我们纪年算日子都得听它的，那它一定是个大神。大神可得罪不起。于是，民间就产生了一种迷信，叫"太岁崇拜"。算命先生会算出太岁的位置，然后告诉你：今年太岁在这个位置，你们可要小心啊，尤其是不能在太岁的方向盖房子、挖地基，这可是要得罪太岁的，要给你降祸的。所以今天民间还有个俗语，叫"太岁头上动土"。就是说你胆大包天，活得不耐烦了，自找倒霉。还有个俗语，叫"打墙也是动土"，意思就是说，反正干都干了，一不做二不休，得罪了太岁也顾不上了。

太岁是一个虚拟的、想象的星星，其实天上并没有，是为了纪年设计出来的，老百姓以为天上真有这颗星，还认为这颗星有一位星神——太岁神在管着。在《封神演义》里就把这个职位封给了殷郊。

《封神演义》里还有很多星神。比如有一位讨伐西岐的大将叫张桂芳，死后被封作了"丧门星"。张桂芳还有个搭档叫风林，书里说风林"面如蓝靛，发似朱砂，獠牙生上下"，风林后来被封为"吊客星"。两个人一白一蓝，非常般配。而

"丧门"和"吊客"，也正好是一对经常出现的凶神。古人认为如果碰上了他们，就会很不吉利，会有亲人亡故、哭泣之事发生。

其实天上并没有两颗实际的星叫"丧门星"或"吊客星"，它们都是古人想象出来的。这些稀奇古怪的星神非常多，后来人们就通过一套复杂的算法规定：某些特定的日子，会有某些星神值守，叫"某星值日"。有些星是好的，给人降福的；有些星是坏的，给人降灾的。

后来，为了方便，就有人把这些星都编到日历里，这种日历就叫"皇历"。直到现在还有很多人相信，想知道今天是什么星值日，一查就可以。比如一查，今天是太岁值日，就不宜动土；明天是丧门星值日，就不宜出行。此外还有婚姻、祭祀、求医、迁徙、播种……凡是老百姓日常生活中能遇到的事，皇历上都有规定某日"宜"或"忌"。《水浒传》里有一个细节：王婆向潘金莲借历书，说要选个好日子动手裁衣服。正说明当时的民间，连裁衣服这种事，都认为有星神管着。如果选错了日子，就不吉利。

皇历就是一种日历，需要一年一换。而根据这套算法，每年各位星神值日的时间也都不一样，所以旧年的皇历是没法查的。今天人常说"那都是老皇历了"，意思就是这件事已经过时了。

有一个流传很广的民间故事，说有个老头儿特别迷信，干什么都得看皇历。出门前要看皇历，皇历上说"今天不宜出行"，那就不出门。洗澡，也要看皇历，要是皇历上说"今天不宜沐浴"，那就不洗澡。恨不得吃饭睡觉上厕所，都得看皇历。

有一次，连着下了好几天的雨。过去都是土坯房，不结实。他家房子一下子倒了，把老头儿压在了下面。邻居一看都慌了，赶紧来救。老头儿虽然受了惊吓，幸而被压在角落里，没受伤。邻居就喊："快挖呀，把老头儿挖出来。"老头儿在里面说话了："别挖，别挖，你们查查皇历，要是今天不宜动土啊，那就等明天。"

这个"不宜动土"，就是受到了崇信太岁的影响。这些东西，说好听点是民俗，说不好听呢，就是迷信了。但是这种思维方式、这种习惯，对我们有很深的影响。实际生活中你经常用，却可能并不知道。

比如说，有个成语叫"阴差阳错"，也写成"阴错阳差"，指一些偶然因素造成的差错。比如你和一个同学约好出去玩，结果你临时有事，没去成，你就会说："唉，真是阴错阳差，倒霉透了。"其实你使用这个成语的时候，可能并没有意识到这个成语的来源。因为皇历会规定哪几天叫"阴错"，哪几天叫"阳差"。碰上这几天，做事经常不成。具体是哪几天呢？可以到皇历里查一查。《封神演义》里就有一个阴错星，叫金成，一个阳差星，叫马成龙，就是管给人降下霉运的星神。

还有个成语，叫"天罗地网"，你经常听人说，"犯罪分子逃不出天罗地网"。其实，"天罗""地网"也是两个星神，在《封神演义》里叫天罗星和地网星，天罗星叫陈桐，地网星叫姬叔吉。过去认为，碰上"天罗"和"地网"可不好，会十分倒霉。就像被网罩住了一样，动弹不得。这些都不是实际的星，而是在长期的生活中，人们为了占卜、选日子发明出来的。

还有民间常说的"桃花运"也和星神有关。民间认为能不能遇到两情相悦之人是要看缘分和运气的，这种运气是由"桃花星"掌管的。《封神演义》里的桃花星叫高兰英，是一员女将，属于闻太师阵营。

人们遇到不顺利的事情，往往会归咎为遇到了带来霉运的人，诅咒他们为"扫帚星"，用来抱怨生活的不顺利。扫帚星本来是民间对彗星的称呼，因为这种星经常拖了个长长的尾巴，好像扫帚一样。民间认为遇到彗星不吉利，所以在民俗里，"扫帚星"并不专指哪颗彗星，而是一个想象出来的星神。《封神演义》里的扫帚星就是大家熟知的马氏，也就是之前讲到的姜子牙的前妻。

这样假想出来的星神，封神榜上出现了二百多个，都被封在"斗部"里，但其实民间远远不止这个数，而且还在增加。

为什么古人发明了这么多星神呢？说到底，是因为古人对外界世界的恐惧以及一种不确定的无助感。因为古代不比今天，古人的生活比今人艰难得多。

比如说，今天我们出趟门很容易，几十公里远的就开车，几百上千公里远的就坐高铁、坐飞机，绝大多数情况下都是很安全的，行程也是很确定的。但古人可不是，出趟远门，一走就几个月，而且路上也不太平。走夜路可能碰上强盗，走山路可能碰上野兽，坐船可能碰上风浪，所以旅途十分艰难，说不定就回不来了。而且，如果去了陌生的地方，水土不服，还容易生病，生病后客死他乡的，不知有多少。咱们觉得出门旅游很有趣，但可能想不到，古人对出远门这件事，从心底是恐惧的。例如封神榜上有一个"天德星"，就可以保佑人出行顺利。

这种能降福的星神，就叫"吉神"。

再比如，今天医学很发达，大多数人都能健健康康地过一生。但古人可不是，碰上稍微厉害的病，就一点办法都没有。我们可以去查查历史记载，即使是达官贵人的孩子，甚至是皇子、公主，也经常夭折。一个小孩从生下来到长大成人，背后往往有好几个活不下来的兄弟姐妹。所以古人对疾病是很恐惧的。但是因为医学不发达，我们今天看来很平常的病，古人找不到原因，只能认为是不是冲撞了什么星神，像封神榜上有一个七杀星，就经常用来解释小孩夭折：某个小孩死得早，原因是碰上"七杀星"了。这种给人降祸的星神，就叫"凶煞"。有个成语，说这个人长得凶恶，叫"凶神恶煞"，就是这么来的。

古人的日常生活，也充满了各种不确定。比如盖房子，现代人会认为，盖房子很容易，很少发生意外、风险之类的事情。但古代可不是。古人没有起重机、大货车，所有的材料，像石头、木料，都得靠人抬人扛，就很容易出事故。古代盖房子用到的木料很多，一不注意就引发火灾。古人没有钢筋水泥，需要烧砖，但是做土坯的时候，万一碰上瓢泼大雨，那就麻烦了，全都泡成泥了。所以古人盖房子也不像今天这么顺利。如果出了事故，他们就会想：是不是今天不宜动土啊？或者是不是房子的位置选错了，正好碰上太岁当头啊？

《封神演义》的封神榜上，封了几百个神，其中有二百多个是星神。这些星神基本上都是管人类的吉凶祸福的。要么是吉神，要么是凶煞，合称"神煞"。神煞越多，越说明古人比今天的我们要面对更多的不确定性。古人没法控制这种不确定性，又找不到这些不确定性的原因，就只能归结为星神或别的什么神作祟。今天虽然科学发达了，我们对世界没有那么恐惧了，但过去的很多痕迹还没有消除，还保留在我们的语言里、我们的生活习惯中。了解这些的来龙去脉，是一件非常有趣的事情。

过年为什么要贴门神?

古代小说里有一种人物组合很普遍,那就是经常有一对一对出现的人物。例如《西游记》里管巡察的千里眼、顺风耳,《三国演义》里关羽的两位手下关平、周仓,《水浒传》里护卫宋江的吕方、郭盛等。

《封神演义》里也有一对人物,叫高明、高觉,他俩的故事虽然简单,却涉及一个流传了几千年的民俗,那就是门神。

直到今天,我们过年时,还会在门上贴两张纸,一般画着两位武将,这就是门神。这两位门神,有一个漫长的民俗演变过程。

在比《封神演义》早一千多年的汉代,流传着这样一个故事：遥远的东方有两位神，名叫神荼、郁垒（注意："神荼"读作 shēn shū，"郁垒"读作 yù lǜ）。当时的传说是这样的：

> 沧海之中，有度朔之山，上有大桃木，其屈蟠三千里，其枝间东北曰鬼门，万鬼所出入也。上有二神人，一曰神荼，一曰郁垒，主阅领万鬼。恶害之鬼，执以苇索，而以食虎。于是黄帝乃作礼，以时驱之。立大桃人，门户画神荼、郁垒与虎，悬苇索以御凶魅。

这段话出自先秦典籍《山海经》（佚文，今存版本无此段），这段话的意思是，东海有一座度朔山，山上有一棵大桃树。这棵桃树可大得不得了，树根盘了三千里。桃树有一根大树枝，朝向东北，这个位置，叫鬼门。天下所有的鬼，都从这里出入。神荼、郁垒就在这里守着。这些鬼有的好，有的坏。那些好鬼，神荼、郁垒就把他们放过去，不管他们。如果有坏鬼，做坏事，那就完了。神荼、郁垒就用苇子做的大绳子，把他们捆起来，让老虎吃掉。所有的鬼都怕他们。

既然神荼、郁垒是看守鬼门的，那么能不能把他们请来，给自己看门呢？于是，人们就用桃树做成两块木板，一块上面画上神荼，一块上面画上郁垒，然后挂在大门上。这样，大家就觉得安全了，恶鬼就不敢进门啦。这种画着神荼、郁垒的桃木板子，就叫桃符。这两位看门的神呢，也就称为"门神"。

这个风俗延续了很长时间，到南北朝的时候，有本专门记载古代楚地（相当于现在湖南、湖北大部分地区）风土人情的书叫《荆楚岁时记》，里面也有神荼、郁垒作门神的事情：

正月一日……绘二神贴户左右，左神荼，右郁垒，俗谓之门神。

这个习俗，已经和现在我们过春节贴门神差不多了。

《封神演义》里的高明、高觉就是由神荼、郁垒演化而来的。只不过《封神演义》出于原创的需要，给他们另外起了两个名字。高明、高觉长相都很凶恶，一个"面如蓝靛，眼似金灯，巨口獠牙，身躯伟岸"，一个"面似瓜皮，口如血盆，牙如短剑，发似朱砂，顶生双角"，和作为捉鬼凶神的神荼、郁垒确实很相似。

"明"和"觉"，都是耳聪目明的意思。所以，高明和高觉的本领很特殊：一个是千里眼，一个是顺风耳。这就是又把民

127

间传说里千里眼、顺风耳的故事合并到一起了。我们读《西游记》，书里就有千里眼和顺风耳两个小神，负责给玉皇大帝探察下情。高明、高觉和他俩的本领也差不多。例如有一次，姜子牙在大帐中议事，要捉拿高明、高觉，给李靖、雷震子、哪吒、杨戬下了很多命令。书里写道：

且说高明听着子牙传令安八卦方位，用乌鸡、黑狗血，钉桃桩，拿他兄弟，二人大笑不止："空费心机！看你怎样捉我二人！"

　　高明、高觉并没有亲临现场，但他俩一个能遥视，一个能遥听，远远地就把姜子牙的布置探了个一清二楚。八卦阵的核心机密全都泄露了，那自然是白费心思。高明、高觉这边做好了充分的准备，姜子牙果然扑了个空。

　　他们千里眼、顺风耳的技术过于高超，以至于姜子牙开始怀疑军中是不是出了奸细：

　　子牙收兵回营，升帐坐下，大怒曰："岂知今日本营先有奸细私透营内之情，如此何日成功也？将吾机密之事尽被高明知道，此是何说！"

　　没办法，二郎神杨戬就去拜见他的师父玉鼎真人，问这两个人什么来历。玉鼎真人对他说：这两个人，是棋盘山的桃树精和柳树精。棋盘山有一棵大桃树、一棵大柳树，树根足足有三十里，采天地之灵气，受日月之精华，这才成了精。这个说法和《山海经》不大一样，《山海经》说神荼、郁垒的大桃树，树根盘了三千里，《封神演义》还是改得稍微写实了一点。

既然知道了原委，那么破他们也不难。玉鼎真人就向杨戬面授机宜。

杨戬一听，恍然大悟。回去就见姜子牙。姜子牙问他干什么去了，杨戬也不说，只是摇头摆手。姜子牙奇怪了，这是怎么了？就见杨戬叫来两千士兵，每人手里一杆大红旗，叫他们使劲摇；又叫了一千士兵，叫他们使劲敲锣。杨戬站在旗影和锣声里，这才告诉姜子牙，去棋盘山烧掉大树的根，就行了。

高明、高觉早就知道杨戬回来了，哪知道用千里眼一看，满眼红光，眼都花了，什么都看不见；用顺风耳一听，咣咣咣锣声大作，耳朵都聋了，什么也听不见：

　　且说高明、高觉只听得周营中鼓响锣鸣不止，高觉曰："长兄，你看看怎样？"高明曰："一派尽是红旗招展，连眼都晃花了。兄弟，你且可听听看。"高觉曰："锣鼓齐鸣，把耳朵都震聋了，如何听得见一些儿？"

这时候姜子牙派李靖去了棋盘山，烧了树根，然后用打神鞭把两人打死了。这就是《封神演义》依据民间的门神传说编写的故事。

你肯定见过门神，但是你看到的门神，好像有时候不叫神荼、郁垒。没错，因为在漫长的历史过程中，门神经过了很多变化。

你今天看到的门神，很多是两个武将，左边这个，三绺长须，相貌文雅，手里提着一条三棱锏（一种没有刃的细长条兵器，可以砸人）。右边这个，一部络腮胡子，相貌粗鲁，手里提着一条钢鞭。凡是拿着锏和鞭的，就不是神荼、郁垒了。拿锏的这位，是唐朝的名将秦琼秦叔宝；拿鞭的这位，也是唐朝的名将，叫尉迟敬德。

这两位怎么代替神荼、郁垒成了门神了呢？这个故事在《西游记》里讲过：

原来，唐太宗在位的时候，首都长安城旁边有一条河，叫泾河。泾河里有一个龙王。长安城里有一个算命先生，叫袁守诚。有一天，泾河龙王和袁守诚打赌，问他什么时候下雨。袁守诚说明天就下雨，下三尺三寸零四十八点。泾河龙王一听，很不服气，他认为自己就是管下雨的龙神，我都不知道明天要下雨，你怎么就知道？

哪知道当天，玉帝就降旨，要泾河龙王次日去长安城上空下雨，下三尺三寸零四十八点。泾河龙王大吃一惊，他想来想去，想出一个办法：故意拖了一个时辰，雨也故意下少了一些。这样就等于袁守诚没算准。哪知道这就犯了天条，第二天要被斩首。

泾河龙王吓坏了，一打听，明天斩他的人，是唐太宗的大臣魏征。他就赶紧去求唐太宗救命。唐太宗就答应了，第二天故意把魏征留在宫里，跟他下棋。唐太宗心想，我不让你出门，你不就斩不了龙王了吗？哪知道午时三刻，魏征趴在桌子上睡着了，灵魂出窍。原来是他的灵魂去天上斩了龙王。

这下唐太宗麻烦了，因为他失信于龙王了。于是每天晚上，龙王的冤魂就跑到宫里捣乱。书里说：

当夜二更时分，只听得宫门外有号泣之声，太宗愈加惊恐。正蒙眬睡间，又见那泾河龙王，手提着一颗血淋淋的首级，高叫："唐太宗！还我命来！还我命来！你昨夜满口许诺救我，怎么天明时反宣人曹官来斩我？你出来！你出来！我与你到阎君处折辩折辩！"他扯住太宗，再三嚷闹不放。太宗箝口难言，只挣得汗流遍体。

唐太宗没办法，就叫两员大将秦琼和尉迟敬德，顶盔贯甲，在门口守卫：

太宗正色强言道："贤卿，寡人十九岁领兵，南征北伐，东挡西除，苦历数载，更不曾见半点邪祟，今日之下却反见鬼!"尉迟公道："创立江山，杀人无数，何怕鬼乎?"太宗道："卿是不信。朕这寝宫门外，入夜就抛砖弄瓦，鬼魅呼号，着然难处。白日犹可，昏夜难禁。"叔宝道："陛下宽心，今晚臣与敬德把守宫门，看有什么鬼祟。"太宗准奏。……当日天晚，各取披挂，他两个介胄整齐，执金瓜钺斧，在宫门外把守。

这两位将军厉害得很，龙王的鬼魂再也不敢来了。但是每天熬夜站岗，铁打的人也受不了。唐太宗就传令，叫画家把两位将军的像画下来，贴在门上。这样居然也管用，恶鬼再进不来。于是这就形成了一对新的门神。

那么，为什么门神会变化呢?道理也很简单：神荼、郁垒的传说，是汉朝的，那时候人们对他们俩熟悉。但是神话传说总有个流传的限度，或者说，它们总要火一阵，然后就冷下去。等到了唐朝以后，这两位就不那么时兴了。人们需要新的英雄、新的神话传说，所以，秦琼和尉迟敬德就取而代之，成了新的门神。

那么，神荼、郁垒在今天就消失了吗？没有，它们还在你家的门上，你猜猜它们在哪里呢？

你家过年，可能会这么贴春联：门上，一边一个，贴两个门神。一般这两位，就是秦琼和尉迟敬德。然后两边门框上，贴两条红纸对联。对了，你可能没想到吧？这两条红纸对联，就是神荼、郁垒的痕迹。

原来，我们之前说的桃符，是用桃木板画上神荼、郁垒的样子，挂在门上。但是，这也太麻烦了。于是就出了简化版，就是两根木条，一边一个，一边写上"神荼"，一边写上"郁垒"，写字可比画画简单多了。

再后来，有人想，反正都是辟邪用的，或者过年祝福用的，也不一定写神荼、郁垒的名字，写点吉利话不行吗？五代时期，有个叫孟昶的，在桃木板上写了"新年纳余庆，佳节号长春"两句话，也一样挂在门上，虽然也叫桃符，但是不再写两个神的名字了，据说这就是春联的前身。

再后来，到了宋代之后，人们觉得每年锯两块桃木板也太麻烦了，干脆，贴两张红纸得了，也写两句吉利话。这就变成了今天仍流行的春联。

所以说，过年贴春联这个习俗，其实是从神荼、郁垒的桃符慢慢演变来的。这两位古老的神渐渐让位，变成了贴在门框上的两条纸，原来的位置，就让给秦琼和尉迟敬德了。

我们说过，每个时代都有自己的门神，今天的门神就更丰富了。我见过孙悟空和猪八戒，还见过变形金刚门神：擎天柱和威震天。说不定未来的门神，都是从动画片中的英雄人物来的呢。你别笑，真有这个可能。

为什么人们会有贴门神或贴春联的习俗呢？因为这也源于上古的原始思维。古人不像我们今天，住在单元房里，到处有监控，几乎没有死角。古人往往几家就是一个村子，外面就是荒郊野地。而且到了夜里，经常有野兽在住宅旁边游荡，还有黑黢黢的树影、时不时叫两声的猫头鹰、窜来窜去的黄鼠狼。古人也分不清到底是什么东西。所以，越是远古的人类，对居住空间的周围，越是充满了恐惧。他们就想象：只有住宅里面是安全的，到了夜里，外面就会有害人的恶鬼四处游荡。因此，门就变得特别重要。

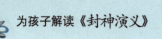

汉代的哲学著作《淮南子》里有篇《氾论训》就说：

　　夫户牖者，风气之所从往来，而风气者，阴阳相捔者
也，离者必病，故托鬼神以伸诫之也。

意思是说，门窗是风通过的地方，而风是阴阳相互激荡的产物，人遭了这样的风会生病，所以要托鬼神来告诫、警示。

这个说法虽然不科学，但是清楚地表明了一点：古人认为门户外面的世界充满了危险，因此要在门口设置一点东西来保障安全。

那这些恶鬼、危险的事物如果从大门进来怎么办呢？就需要贴两个门神对付它们。这样，古人才会心安，不再害怕了。

神荼、郁垒从捉鬼的大神，变成了门神，又让位给了秦琼和尉迟敬德，变成了两条春联，又被编进了《封神演义》的故事。这说明了一个问题：今天的民俗，很多都可以推到上古的原始思维。古人这么想，这么做，是因为他们真的拿这件事当真。但是，随着社会的发展、科技的进步，我们不再相信什么恶鬼在门外游荡的说法。但是这个习惯，成为一种遗迹，被我们延续着。这就是民俗。所以现在贴门神、贴春联，已经不再

是为了阻挡鬼怪，而只是体现一种过年的喜庆气氛、一种美好的祝愿。

其实你想，古人用门神辟邪，祈求恶鬼不要进门，平平安安，让心里得到安定祥和。今天的人表达对新年的祝愿，希望来年大吉大利、万事如意，也是让心里安定祥和。不是一回事吗？都是对人的一种安慰。

所以，我们在观察一个民俗的时候，一定要注意它的历史，知道它背后的成因，以及它贯通古今的意义。

为什么会出现财神爷?

《封神演义》里有一个神，在小说中表现十分出色；直到今天，在民间也非常有名。他就是财神爷赵公明。

在《封神演义》里，赵公明是极为重要的人物，他属于截教阵营，手里法宝很多，也是引发神仙斗法大战的关键人物。

书里说，他本来在峨眉山罗浮洞修炼，并不知道商周两边在打仗。哪知道闻太师征伐西岐打不过姜子牙，就来到了峨眉山，请赵公明出山。赵公明骑一只黑虎，拿着一条钢鞭，十分威风。他有自己的法宝：二十四颗定海珠，丢出去可以打人。他又从师妹云霄三姐妹那里借来了一种更厉害的法宝——金蛟剪，来到了西岐。这一来，就给姜子牙带来了很多麻烦。

姜子牙第一次见赵公明，两个人一言不合，就打起来了。姜子牙也不差，手里有一柄打神鞭，凡是封神榜上有名字的人，都能打，哪知道对上赵公明就不行了。且看赵公明如何与姜子牙对战：

（赵公明）提鞭纵虎来取子牙，子牙仗剑急架忙还。二兽相交，未及数合，公明祭鞭在空中，神光闪灼如电，其实惊人。子牙躲不及，被一鞭打下鞍鞯。哪吒急来，使火尖枪敌住公明，金吒救回姜子牙。

赵公明照面没几个回合，便把自己的钢鞭祭在空中。这条鞭好像闪电一样，姜子牙的打神鞭还没举起来呢，就给一鞭打落在地。众人赶紧把姜子牙抢回，没想到他已经被打死。幸亏阐教十二金仙之首广成子来到，拿一颗丹药，这才救活了姜子牙。

第二天，阐教这几个神仙一看，姜子牙是不行了，咱们上吧。于是广成子、赤精子、玉鼎真人、灵宝大法师、道行天尊，五位大仙一起上阵。赵公明丝毫不怕：

却说赤精子执剑来取公明。公明鞭法飞腾，来往有三五合，公明取出一物，名曰定海珠，珠有二十四颗——此珠后来兴于释门，化为二十四诸天。公明将此宝祭于空中，有五色毫光，纵然神仙，观之不明，瞧之不见。一刷下来，将赤精子打了一跤。

赤精子在阐教的地位仅次于广成子，他一剑刺来。赵公明把他的法宝二十四颗定海珠拿出来了，祭在空中，发出五色毫光。就是神仙也看不见，雨点一样掉下来，把赤精子一下子就打趴在地上了。紧接着，赵公明又把定海珠祭在空中，什么广成子、道行天尊、玉鼎真人、灵宝大法师，都被打得狼狈奔逃。

一时间，姜子牙这边无人能敌赵公明。幸亏有一个神仙叫陆压，给了姜子牙一件法宝，叫钉头七箭书。他叫姜子牙扎一个草人，上面写上赵公明的名字，又给了他一张桑木弓、三支桃木箭，说某月某日午时三刻，用弓箭射草人。姜子牙依计而行，这边射中了草人，那边赵公明就死在闻太师的军营之中。

赵公明死后，姜子牙封他为金龙如意正一龙虎玄坛真君，手下管着四位仙官，专门管给人招财进宝。民间认为，如果你

想求财的话，就可以拜他。

这个人，你可能在很多地方都见过。比如年画上，或者很多公司、超市、饭店，都有他的塑像。人们会向他祈求生意兴隆、财源广进。

那么，这位赵公明，历史上有这个人吗？他怎么就成了财神了呢？这中间有一个颇为曲折的"洗白"过程。

其实按照一些学者的研究，赵公明最开始是一个恶神，能给人们降下灾祸。到了三国时期，人们就给赵公明编出一个来历，说他是大将赵云的弟弟赵朗（字公明），死后成了害人的恶神。

三国是一个非常特殊的时代，出现了很多英雄人物。人们对英雄是非常敬畏的，所以这些人物后来都被民间奉为神灵。诸如曹操、司马懿、刘备，都成了大神。

这就要说到三国时期另外一个人，叫钟会。钟会字士季，也叫钟士季，是魏国的大将，率领大军灭掉了蜀国。他死后，和赵朗赵公明一起，都成了恶神——并不是财神，而是瘟神。《搜神记》里就这么记载赵公明和钟士季：

　　上帝以三将军赵公明、钟士季，各督数鬼下取人。

人们传说钟士季和赵公明这两个人，手下有数万瘟鬼，经常给人们降下瘟疫。

后来，民间在钟士季、赵公明的基础上，又增加了三个人，这就是五方瘟神。他们各管一方，赵公明管西方，成为西方的瘟神；钟士季管北方；另外三位叫刘元达、张元伯、史文业，分别管理东、南、中央。

当时人认为，瘟疫怪病都是上天降下的灾害，是对人间秩序失调的惩罚。赵公明在西方，专门传播疾病，惩罚不敬上天的人。

渐渐地，人们认为，赵公明能降瘟疫，自然也有办法治瘟疫。所以如果发生瘟疫了，人们也会求他，认为他能驱病消灾。

这个功能，和他原来的本职工作也有点关系。但又过了几百年，到了元代，在他治疗瘟疫的功能上，又发展出一个新功能，就是财神。老百姓都说，这赵公明可不得了，不但能驱雷使电、呼风唤雨、剪除瘟疫，还能为人主持正义、买卖求财，只要对他有所求，他都能满足你。

为什么赵公明从瘟神变成财神了呢？原因有很多，第一，古人对瘟疫是十分惧怕的，所以瘟神的地位很高。那么，为什么五位瘟神，只有他成了财神呢？今天已经很难说清楚了，可能和我们传统的五行观念有关。因为中国五行是金木水火土。五行和五方是相配的，东方配木，南方配火，西方配金，北方配水，中央配土。赵公明是西方瘟神，和五行中的"金"是搭配的。所以老百姓一想，既然是金，就管金银财宝吧。

今天民间信奉的财神并不止一个。《封神演义》里还提到一个人，名叫比干。比干是纣王的叔叔、商朝的大臣。他对商朝忠心耿耿，经常规劝纣王。纣王一生气，就把他杀了，杀他之前还说："我听说圣人的心有七窍，我看看你是不是圣人。"七窍就是七个窟窿眼。于是纣王就把比干的心挖了出来。

这个比干剖心的著名故事在《史记·殷本纪》中是这样记载的：

> 纣愈淫乱不止。微子数谏不听，乃与大师、少师谋，遂去。比干曰："为人臣者，不得不以死争。"乃强谏纣。纣怒曰："吾闻圣人心有七窍。"剖比干，观其心。

比干看到纣王荒淫无道，觉得身为臣子的本分就应该强行劝谏，不惜自己的性命。于是就有了纣王说想看比干之心的典故。

在《封神演义》里，这个故事就更复杂了，说妲己特别恨比干，有一天她故意装病，说要吃七窍玲珑心才能好。纣王就把比干的心挖了出来。

比干在《封神演义》里，被封为"文曲星"，就是管天下读书人的，过去考试、上学，想求顺利，就去拜他。

但是他在民间还有一个身份，就是财神。因为他同时还是文曲星，所以又叫"义财神"。你如果看到商店、超市供一个文官打扮的财神，一般就是比干。

为什么比干会成为财神呢？有一个说法是：他是"无心之人"，没有私心，对人一律公平，所以适合当财神。

还有一个成为财神的历史人物，就是汉末大将关羽。关羽和张飞辅佐刘备打天下，后来他镇守荆州，名震一时。但是时间不久他就被东吴袭击，败走麦城，被吴军抓住杀了。关羽死后就被人奉为神灵。

关羽刚死的时候，并不是财神，而是人们惧怕的凶神。因为他生前是大将，是英雄，又是被杀害的，所以民间认为这种"不得好死"的英雄人物死后阴魂不散，是可以伤害别人的，需要盖个庙，祭祀他。

但是，来拜他的人越来越多，"凶神"就渐渐变成一位"好神"了。于是关羽越来越有名，来向他许各种愿望的人也越来越多。成了"好神"之后，人们就想，我是不是可以向他求一求健康、求一求儿女呢？后来人们又想，我求一求财可不可以呢？这样，关羽也就慢慢变成财神了。

我们来观察一下这几个人，就会发现，他们都死得很惨。历史上的赵朗赵公明，虽然没有明确记载，但也可能在蜀国灭亡时死于战乱。对这种人物，人们会经历一个过程：

第一阶段是畏惧，怕他们闹事，不伤害自己就行了。第二阶段是敬畏，想让他们保佑平安。第三阶段是喜欢，想让他们带来富足和幸福。

那么财神的功能，肯定是属于第三阶段的。因为人们的需求是逐步上升的，只有先免于伤害，才能想到生活平安；只有生活平安，才进一步想得到富足和幸福。

当天下兵荒马乱，人人朝不保夕，或者天下传染病流行，民不聊生的时候，人们只能去拜一些恶神：求求你们别降下灾祸了。这时候没人想起来创造一个财神，因为没有用。

当战争结束了，瘟疫消失了，人们就想起，我们该求求神仙，让我们一生稳稳当当，有儿有女，有吃有穿，过上太平日子。

太平日子长了，经济才会发达，市场才会繁荣。这时候人们会想起来，我们是不是需要一个财神了？没有财神，怎么保佑我们发财致富呢？

所以你看，神灵在这里，还是体现了人们的愿望和需求。

我们只要把"神"字去掉，换成"愿望"，把"财神"说成"发财的愿望"，仍然说得通。神的"成长"，其实就是人类需求的"成长"。所以，虽然财神信仰说到底是一种迷信，但我倒是希望人们仍然喜欢财神的故事，因为这是社会繁荣富足的标志。

二郎神和杨戬是一个人吗？

　　《封神演义》里有个人物，十分有名，甚至某种程度上超过了哪吒，这个人就是杨戬。

　　杨戬在《封神演义》里，是玉鼎真人的徒弟，练成"八九玄功"。八九就是七十二，所以他会七十二变，手拿三尖两刃刀，带着一条哮天犬。他在姜子牙手下屡建奇功。四大天王败在他手里，梅山七怪败在他手里。可以说，他在西岐阵营和同辈的人里，是能力最强的。

　　小说第四十回，在姜子牙军团和魔家四兄弟打得难解难分之时，杨戬首次登场，就显得器宇轩昂、不同凡响：

一日，子牙正在相府商议军功大事，忽报："有一道者来见。"子牙命："请来。"这道人戴扇云冠，穿水合服，腰束丝绦，脚蹬麻鞋，至檐前下拜，口称："师叔。"子牙曰："哪里来的？"道人曰："弟子乃玉泉山金霞洞玉鼎真人门下，姓杨，名戬。奉师命，特来师叔左右听用。"子牙大喜，见杨戬超众出类。

　　比起哪吒来，杨戬一亮相就是个成熟英俊的青年模样，姜子牙对他也算是"一见倾心"。来到姜子牙麾下后，杨戬战功赫赫，其中，收服梅山七怪可谓他"职业生涯"中十分重要的一场大战。这场战役中，杨戬使出浑身解数，从老大白猿精袁洪，到狗精戴礼、野猪精朱子真、蟒蛇精常昊等，七怪基本都败在他手下。

　　他有一个绝招是变身，这招用来对付动物变成的妖精特别好用，且看他与羊精杨显之间的对决：

　　且说杨戬战杨显有二三十合，杨显拨马便走，杨戬赶来。杨显在马上吐出一道白光，连马罩住，现原身来伤杨戬。杨戬化一只白额斑斓猛虎。杨显见杨戬变了一只猛虎，已克治了他，急欲逃走，早被杨戬一刀砍为两段。杨戬割下羊头，大叫曰："启元帅：弟子又杀了梅山一怪也！"

杨戬打败梅山七怪的核心技术，是自然界的"一物降一物"法则，见招拆招，随机应变，这场大战也为姜子牙军团的最终胜利起到了关键性作用。

杨戬这个人物，在《封神演义》里叫杨戬，在《西游记》里叫二郎神。说起二郎神，你可能就更熟悉了。孙悟空自封齐天大圣，十万天兵捉拿不住。玉皇大帝没办法，就传旨让二郎神攻打花果山。二郎神手拿三尖两刃刀，带着哮天犬，还有一帮兄弟，围攻孙悟空，最后终于把他抓住，送上天庭。

这么看来，二郎神名字就叫杨戬。但是，真的是这样吗？

如果你去四川省都江堰，就会发现，二郎神不姓杨，而是姓李。

这是为什么呢？你在都江堰会发现一座二王庙，庙里供着两个人，一个是秦国的蜀郡守李冰，另一个就是他的儿子李二郎。

李冰是战国时期秦昭王时候的人，当时蜀地还不是秦国的

地盘，秦昭王把蜀地打了下来，就让李冰当这里的郡守，郡守就是最高地方长官。当时四川这个地方特别容易闹水灾。李冰就带着人，修了一座都江堰，是当时最大的水利工程。两千多年来，都江堰一直发挥着防洪灌溉的作用，直到今天。有了这座都江堰，四川盆地才不再有大的水灾，成了物产丰富的天府之国。

李冰治水这件事，当然是史实，但是，正因为这件事太伟大了，所以当地流传着许多李冰的故事。说他有个儿子，叫李二郎，协助父亲一起治水，不但修了都江堰，还制服了江里的水怪，于是四川盆地旱涝保收。人们敬奉李冰，也敬奉他的儿子李二郎，称之为"川主"，也就是四川的主人。

宋代就流传着李二郎治水的故事了，有部文献叫《宋会要辑稿》，专门记载宋代的各种典章制度、风土民情，其中就有一条"郎君神祠"：

> 永康军广济王庙郎君神特封惠灵侯，差官祭告。神即李冰次子，川人号护国灵应王。

宋代四川地区的人把李二郎视为"护国灵应王"，守护着这一方水土。

四川除了李二郎之外，还有一位神灵，名字也叫"二郎"，这就是赵二郎。

赵二郎的信仰，在宋代的时候比较兴盛。据说他叫赵昱，是隋朝人，年轻有为，二十六岁就做了隋朝的嘉州太守。当时有部相当于现在的《国家地理》的地理书《方舆胜览》，就特别生动地记载了赵昱的故事：

> 赵昱，尝隐青城山，隋炀帝起为嘉州太守。时犍为潭
> 中有老蛟为害，昱率甲士千人，夹江鼓噪。昱持刀入水，
> 有顷，江水尽赤。昱左手执蛟首，右手持刀，奋波而出。
> 隋大乱，隐去，不知所终。后嘉陵水涨，蜀人见昱青雾中
> 骑白马，从数猎者于波面过。太宗赐封神勇大将军，庙食
> 灌江口。

这段故事说：嘉州太守赵昱为了除老蛟之害，率领甲兵千人，持刀入水，不一会儿，整条江都变成红色了。之后赵昱左手拿着蛟龙的头，右手拿着宝刀，从江水中飞出。隋末大乱后，赵昱隐姓埋名，有四川人看见赵昱在雾气中骑着白马现身。到了唐太宗的时候，赵昱还被封为神勇大将军，他的祠庙就在灌江口。在当地民间，这位年轻而英勇的赵昱也很受欢迎，老百姓喊他"赵二郎"。

其实根据历史记载，李冰并没有二儿子，自然也不会有什么赵昱斩蛟，这都是民间传说。那么今天这个二郎，到底是哪个二郎呢？答案是，可以说都是，也可以说都不是，而是这两

个故事的融合。今天我们传说的二郎神故事，既有李二郎的故事，又有赵二郎的故事。

但是，《封神演义》里的二郎神，为什么又叫杨戬呢？说法也很多，这里只能分享一个说法。

和李二郎、赵二郎不一样，杨戬在历史上是有这个人的，他是宋朝的一个宦官，在宋徽宗时期，也可以算得上权倾朝野。他身上也有很多故事，其中有一个故事被明代的短篇白话小说集、"三言"之一——《醒世恒言》记录下来了，叫《勘皮靴单证二郎神》。

故事说宋徽宗宫里有一位韩夫人，因为失宠而染疾，在殿前太尉杨戬的家里养病。可是病越来越重，眼看着治不好了，于是韩夫人便向二郎神（这位二郎神很可能是赵二郎）许愿：

太尉夫人说道："告夫人得知。此间北极佑圣真君，与那清源妙道二郎神，极是灵应。夫人何不设了香案，亲口许下保安愿心。待得平安，奴家情愿陪夫人去赛神答礼。未知夫人意下何如？"韩夫人点头应允。侍儿们即取香案过来。只是不能起身，就在枕上，以手加额，祷告道："氏儿韩氏，早年入宫，未蒙圣眷，惹下业缘病症，寄居杨府。若得神灵庇护，保佑氏儿身体康健，情愿绣下长幡二首，外加礼物，亲诣庙廷顶礼酬谢。"当下太尉夫人也拈香在手，替韩夫人祷告一回，作别，不提。可霎作怪，自从许下愿心，韩夫人渐渐平安无事。

韩夫人病好了之后，又去二郎神的庙里还愿。但是庙官叫孙神通，会妖法，看上了韩夫人，每天假扮作二郎神，到杨戬的府里找韩夫人私会。后来杨戬找道士破了他的妖法，用棍子打落了孙神通的一只皮靴子。于是根据这只皮靴寻根问底，顺藤摸瓜，把案子破了。

这里的杨戬和二郎神没有什么关系，只是和二郎神有关的故事出现在他家里而已。但是口头传说有一个很有意思的规律：老百姓传播故事的时候喜欢东拉西扯，没有关系的也能扯到一起。本来这件事是杨戬家发生的故事，和二郎神有关，可是传来传去，二郎神到了《封神演义》里就变成了杨戬。这件事听起来毫无逻辑，但在民间思维中十分常见。

有意思的是，今天四川都江堰的二王庙，主神是李二郎，但是旁边还坐着一个杨二郎，也就是所谓的杨戬。老百姓也不管那么多，既然也有个杨二郎，而且是文学作品里的，还挺火，拉过来一起祭祀也没关系，谁也不得罪。

二郎神的形象来源，叠加了李冰的儿子、赵昱，还借用了宋代宦官杨戬的名字，那么只有这三个吗？远远不是，根据学者的研究，二郎神的形象来源有十几个。

有说是四川本地管打猎的神的：因为四川这个地方，山多，森林多，动物也多，自古以来就有打猎的传统。四川的羌族也喜欢到山里边去打猎，他们一定会供奉猎神。所以二郎神的标配一直是"金弹银弓""好驰猎"。

有说是佛教天王的儿子的，还有说是从中亚过来的：民俗学家刘宗迪先生就认为中亚那边的天狼星，传到中土之后，在中国西部成了二郎神，在中原地区变成了魁星（主管文章之神）。

还有一种说法也颇为流行，认为元代以后的二郎神受到了印度密教护法神大黑天神的影响，因为在一些元杂剧里，像《二郎神醉射锁魔镜》中的二郎神长相非常奇特：

神通广大，变化多般，身长万余丈，腰阔数千围，面青发赤，巨口獠牙。

这和凶猛狰狞的大黑天神长得很像：

八臂身青黑云色……虎牙上出作大愤怒形，雷电烟火以为威光，身形极大。（慧琳《一切经音义》）

那么，到底哪个说法对呢？其实，这种文化现象没有标准答案，只要你说得有道理，就可以立得住，但也不等于完全探明了真相。

所以，这就告诉我们三件事：

第一，没有标准答案，这是文化研究的特点。我们面对文化，面对社会现象，一定要抛弃那种非对即错、非黑即白的逻辑，要学会包容不同的说法，要学会存疑，就是在心里保留一个疑问。今天我们说的这三个二郎神的故事，也只是学者在研究中指出的比较有可能的三种看法，也许未来还会被推翻，也许还会有新发现，这是非常正常的事情。

第二，二郎神这个形象告诉我们，很多文化现象，并不是只有一个来源，而是像河流一样，有许多支流。不同的支流汇在一起，形成了我们今天看到的二郎神。其实别的有名的文化现象，像孙悟空啊，观音菩萨啊，端午节啊，中秋节啊，都是这样的，它们都不是只有一个源头，而是吸纳了许许多多的支流。

第三，二郎神故事，如果从李冰算起，也经历了两千多年了。我们说的这些支流，不是同时汇集到一起的，而是这个年代积累一点，那个年代积累一点。这种故事，叫"世代层累"。这就提示我们，看待一种文化现象，一定要用历史的眼光去看，一定不能当成铁板一块，这才是科学的思维方式。

为什么三霄娘娘这么厉害？

　　《封神演义》里不仅有像哪吒、杨戬、太乙真人这样大家耳熟能详的男神仙，也有不少至今还活跃在各种文学作品，乃至仍然被供奉在庙里的女神仙，像女娲娘娘、石矶娘娘以及各种圣母、仙子。不过，要是论本领，论故事性，最出彩的还要数三霄。

　　三霄是《封神演义》中三个女仙的合称，她们分别叫云霄、琼霄和碧霄，是截教第一代门人赵公明的师妹。

　　赵公明我们在财神一讲中已经详细说过了，这个人神通广大，法宝众多，甚至还打死过姜子牙，幸亏姜子牙有"主角光环"才得以复活。后来赵公明被陆压的钉头七箭书杀掉了。

赵公明一死，就引来了他的师妹们——三霄登场了。三霄来到西岐，要找姜子牙报仇。之前说过，她们有一件法宝——金蛟剪，曾借给过赵公明，无论什么东西，都能一剪两段。这次她们又带来了一件厉害的法宝——混元金斗。三霄娘娘见了仇人陆压，二话不说，就祭出了混元金斗：

琼霄娘娘怒冲霄汉，仗剑来取。陆压剑架忙迎，未及数合，碧霄将混元金斗望空祭起。陆压怎逃此斗之厄！有诗为证：此斗开天长出来，内藏天地按三才。碧游宫里亲传授，阐教门人尽受灾。碧霄娘娘把混元金斗祭于空中，陆压看见，却待逃走，其如此宝厉害，只听得一声响，将陆压拿去，望成汤老营一摔。陆压纵有玄妙之功，也掼得昏昏默默。碧霄娘娘亲自动手，绑缚起来，把陆压泥丸宫用符印镇住，缚在幡杆上。与闻太师曰："他会射吾兄，今番我也射他！"传长箭手，令五百名军来射。

混元金斗一出现，可谓一击制胜。即使陆压这么厉害的人物，也拿混元金斗一点办法都没有，"嗖"地被收了进去。这下三霄娘娘终于找到机会报一箭之仇了。趁着陆压被摔得昏昏沉沉，碧霄娘娘把他绑了起来，叫五百军士用箭射他。好在陆压法力高强，凭借神力挡下了这些箭，保住一命。

三霄娘娘收拾了陆压，又召集了六百名大汉，摆出了一座"九曲黄河阵"，书上把这座黄河阵写得十分厉害：

> 阵排天地，势摆黄河。阴风飒飒气侵人，黑雾弥漫迷日月。悠悠荡荡，杳杳冥冥。惨气冲霄，阴霾彻地。消魂灭魄，任你千载修持成画饼；损神丧气，虽逃万劫艰辛俱失脚。正所谓神仙难到，尽削去顶上三花；哪怕你佛神厄来，也消了胸中五气。逢此阵劫数难逃，遇他时真人怎躲？

大概意思就是，任你是佛是神是仙，被吸到了这个阵里，就会魂消神灭，无人能敌。

阵摆好了，三霄就抛起混元金斗捉人。无论是神通广大的杨戬，还是哪吒的两个哥哥金吒、木吒，面对这样强大的法宝，都没了招架之力，被吸进混元金斗，摔在黄河阵里。

跌在黄河阵里是什么感觉呢？根据神仙赤精子的体验，是这样的：

　　赤精子歌罢，大呼曰："少出大言！琼霄道友，你今
日到此，也免不得封神榜上有名。"轻移道步，执剑而来。
琼霄听说，脸上变了两朵桃花，仗剑直取。步鸟飞腾，未
及数合，云霄把混元金斗望上祭起，一道金光如电射目，
将赤精子拿住，望黄河阵内一摔，跌在里面，如醉如痴，
即时把顶上泥丸宫闭塞了。可怜千年功行，坐中辛苦，只
因一千五百年逢此大劫，为遇此斗装入阵中，纵是神仙也
没用了。

就是有千年修行的神仙，掉进了黄河阵里，也是昏迷不醒，跟丢了魂儿一样。

究竟有多少神仙被混元金斗吸进阵里呢？除去已经讲到的几位，还有广成子、文殊广法天尊、普贤真人、慈航道人、道德真君、太乙真人、灵宝大法师、衢留孙、黄龙真人，最后就剩下燃灯真人和姜子牙了。姜子牙阵营眼见着要输了，最后还是两位祖师老子和元始天尊及时赶到，才破掉了黄河阵，消灭了三霄。

这就使人产生了疑惑：为什么三霄娘娘这么厉害？她们只是小说中三个小小的配角，似乎并不太重要，为什么战斗力这么强呢？

这要从最后姜子牙封神的时候，原著的一段话说起。

姜子牙把三霄娘娘封为"感应随世仙姑"，并说：

　　特敕封尔执掌混元金斗，专擅先后之天，凡一应仙、凡、人、圣、诸侯、天子、贵、贱、贤、愚，落地先从金斗转劫，不得越此。

不管仙凡贵贱贤愚，降生的事情都由三霄娘娘掌管。此外还有一段注释：

> 混元金斗即人间之净桶，凡人之生育，俱由此化生也。

　　净桶就是大小便的马桶，家家都会置备。这件东西在古代，尤其是明清的时候，还承担着一个功能：用来生孩子。老百姓生孩子，喜欢生在马桶里。因为生孩子会有污血，古人认为污血冲犯神明，要用容器盛好。马桶就发挥了作用，这就是"落地先从金斗转劫"的意思。

　　那把"金蛟剪"，实际上是接生用的剪刀的神化：生下孩子之后，小孩脐带和母体连着，需要拿一把剪子剪开。

　　在民间思维里，这两件东西是有神奇的作用的，因为无论是天子、富贵人家、贫苦百姓，都要生在混元金斗里。即便神仙也是如此。因为说到底，神仙也是凡人修炼成的，他们当年也是人，也要生在这个马桶里。所以三霄娘娘只要祭起混元金斗，广成子、赤精子等就全都被吸进去，重新回到刚降生的状态了。

　　这件事的有趣之处有两个：第一，民间对"生育"这件事非常重视，需要有相当实力的神明来管，甚至把接生用的两件器具都神化成两件极为厉害的法宝。这在现代人看来，似乎不太好理解，但在古人那里，却是很正常的。因为在现代医学普及之前，生育一直是一件非常凶险的事，要么就是婴儿不能顺利出生，胎死腹中；要么就是母亲生命耗尽，出血而死。即使婴儿顺利出生了，也很容易在襁褓中夭折。直到今天，新生儿死亡率也是衡量一个地区医疗卫生水平的重要指标。所以古人对待生育，是持有非常敬畏谨慎的态度的，当然希望得到神明的保佑。

第二，剪刀和马桶本来是两件非常普通的日用品，到《封神演义》里居然变成了厉害法宝金蛟剪和混元金斗，还编出了一套热闹故事。这其实告诉我们另外一件事：人们在面对常见的或重要的事物时，总是希望有一个故事，能够解释这种事物的来源。这种故事，就叫"释源传说"。

"释源传说"有很多，例如我们耳熟能详的故事：锯子是怎么来的？巧匠鲁班被长了锯齿的草划破了手，因而发明出来的。汉字是怎么来的？是一位名叫仓颉的上古智者发明的……这些都叫"释源传说"。

由此可见，小说虚构人物背后的民间信仰，以及与之相关的社会逻辑是很丰富多彩的。我们不要以为，只有真实的历史人物，像刘备、唐僧、姜子牙这些人，才会有特别多的故事和讲究，仿佛虚构人物就是作者一拍脑袋编出来的。

其实并非如此。有的时候，小说虚构人物反而内涵十分复杂，他们在很多情况下都是各种观念、想象、故事的综合体。我们在读这些古代小说的时候，如果能一层一层挖掘、拆解出这些虚构形象的方方面面，就可以对古代的文化与社会有更为深刻的了解。

为什么喊人名字会成为魔法?

　　《封神演义》里的商朝阵营,有一个将领叫张桂芳,他会一种奇怪的法术,叫"呼名落马"。这种法术具体是怎么操作的呢? 我们来回顾一下书里的内容:

　　张桂芳是青龙关的总兵,奉闻太师之命征讨西岐。他率领十万人马来到姜子牙营前。姜子牙不清楚他的底细,便向手下大将黄飞虎询问。

　　黄飞虎是从商朝投降过来的,很了解情况,他说:张桂芳会一种奇特的幻术:

　　　　但凡与人交兵会战,必先通名报姓。如末将叫黄某，正战之间，他就叫："黄飞虎不下马更待何时！"末将自然下马。故有此术，似难对战。丞相须吩咐众位将军，但遇桂芳交战，切不可通名。如有通名者，无不获去之理。

也就是说，在交战时，千万不要让张桂芳知道你的名字，只要知道了，他叫一声你的名字，你就会应声落马。

果不其然，待两军交战时，黄飞虎所言应验了。只见黄飞虎骑着五色神牛，与张桂芳大战：

张桂芳仗胸中左道之术，一心要擒飞虎。二将酣战，未及十五合，张桂芳大叫："黄飞虎，不下骑更待何时！"飞虎不由自己，撞下鞍鞒。

眼看着黄飞虎应声倒地，另一个将军周纪也杀了过来，于是，张桂芳故技重施：

军士方欲上前擒获，只见对阵上一将乃是周纪，飞马冲来，抢斧直取张桂芳。黄飞彪、飞豹二将齐出，把飞虎抢去。周纪大战桂芳。张桂芳掩一枪就走。周纪不知其故，随后赶来，张桂芳知道周纪，大叫一声："周纪，不下马更待何时！"周纪掉下马来，及至众将救时，已被众士卒生擒活捉，拿进辕门。

这大概就是呼名落马之术的具体操作流程。看上去挺厉害，我们读到这里，可能会想：假如姜子牙派一个张桂芳不认识的人前去迎战，是不是就能破解他的法术呢？

事实上是可以的，但在战场上，双方将领总不免要通名报姓。即使不通名报姓，将领的名字总会写在己方的大旗上，不然他部下士兵就不知道该归哪一队了。但是这样一来，己方士兵看得见，张桂芳自然也看得见。所以姜子牙并没有这么做，他有一个更好的应对办法，那就是派哪吒去交战。

为什么呢？因为哪吒和别人的身体构造不同，别人的血肉之躯都是由三魂七魄构成的，但哪吒是莲花化身，没有魂魄。张桂芳的法术只适用于有魂魄的人，对哪吒是没用的：

桂芳大呼曰："哪吒，不下轮来更待何时！"哪吒也吃一惊，把脚蹬定二轮，却不得下来。桂芳见叫不下轮来，大惊："老师秘授之吐语捉将，道名拿人，往常响应，今日为何不准？"只得再叫一声，哪吒只是不理。连叫三声，哪吒大骂："失时匹夫！我不下来凭我，难道勉强叫我下来！"张桂芳大怒，努力死战。

张桂芳大呼哪吒姓名，可是哪吒把脚踩住了风火轮，纹丝不动——莲花变成的身体无所畏惧。张桂芳就这样败下阵来。

类似的法术不仅张桂芳会，陆压也会。陆压为了消灭赵公明，就扎了一个草人，上面写上赵公明的名字，用小弓小箭去射它。虽然箭射穿的是草人，赵公明也被射死了。这个道理和张桂芳的法术是一样的。

这种法术，有时候会以法宝的形式呈现，不只《封神演义》里有，我们熟知的《西游记》里也有，那就是平顶山银角大王的紫金红葫芦。

这个葫芦和张桂芳的呼名落马术很像，不过有点不同，就是用葫芦喊人名字，需要对方答应才行。银角大王是这么解释葫芦用法的：

> 二魔道："差精细鬼、伶俐虫二人去。"吩咐道："你两个拿着这宝贝，径至高山绝顶，将底儿朝天，口儿朝地，叫一声'孙行者'，他若应了，就已装在里面，随即贴上'太上老君急急如律令奉敕'的帖儿。他就一时三刻化为脓了。"

孙悟空虽然设计从小妖嘴里套问出了葫芦的"使用说明"，但是理解得不够透彻。他以为只要编一个假名，葫芦就识别不出来了。他就自称"者行孙"前去和银角大王交战：

> 二魔道："……你今既来，必要索战；我也不与你交
> 兵，我且叫你一声，你敢应我么？"行者道："可怕你叫
> 上千声，我就答应你万声！"那魔执了宝贝，跳在空中，
> 把底儿朝天，口儿朝地，叫声"者行孙"。行者却不敢
> 答应，心中暗想道："若是应了，就装进去哩。"那魔道：
> "你怎么不应我？"行者道："我有些耳闭，不曾听见。你
> 高叫。"那怪物又叫声"者行孙"。行者在底下捏着指头算
> 了一算，道："我真名字叫作孙行者，起的鬼名字叫作者行
> 孙。真名字可以装得，鬼名字好道装不得。"却就忍不住，
> 应了他一声。嗖地被他吸进葫芦去，贴上帖儿。原来那宝
> 贝，哪管什么名字真假，但绰个应的气儿，就装了去也。

孙悟空以为葫芦只会识别真名字，没想到不管什么名字，
只要答应一声就算。和张桂芳的呼名落马术相比，虽然多了那
么一道程序，但原理是一样的。假名字既然无效，孙悟空只得
再使神通，用毫毛变了一个假葫芦，把真葫芦骗了出来，这才
成功。

此外，金角大王还有一个羊脂玉净瓶，原理和葫芦一样，也是喊一声名字，对方只要答应了，就会被装进去。孙悟空有了使用葫芦的经验，用起净瓶来就得心应手了。最后，金角、银角两位大王都被装了进去，化成了脓血。

《红楼梦》里，也有一个类似的故事：贾政的妾赵姨娘不满于自己的地位，要加害王熙凤和贾宝玉，就找了一个巫婆马道婆，在纸人上写上王熙凤、贾宝玉的名字，悄悄放在他俩的床上。结果两个人就病了，费了很多周折才痊愈。

其实不管是《封神演义》里的黄飞虎、周纪大战张桂芳，《西游记》里的葫芦、净瓶，还是《红楼梦》里马道婆的纸人，核心情节是一样的：有一种魔法或法宝，能感应到人的名字，通过对名字使用法术，就能伤害到本人。

你可能会产生这样的疑问：世界上奇奇怪怪的事情这么多，为什么偏偏喊人名字会成为魔法呢？上天入地、翻江倒海这些超能力成为魔法都可以理解，但为什么在古人看来，叫别人的名字还有这么大的威力呢？

这和一种原始思维有关。原始社会中，有一种"姓名禁忌"。原始人认为：名字和灵魂是密切相关的。英国有位著名人类学家弗雷泽，他写过一部现代人类学的奠基之作《金枝》，里面就研究了名字和灵魂之间的联系：

> 名字和它们所代表的人或物之间不仅是人的思想概念上的联系，而且是实在的物质的联系，从而巫术容易通过名字，犹如通过头发指甲及人身其他任何部分一样，来为害于人。

意思是说，在原始人看来，名字和人的身体部位一样，是摘也摘不掉、拔也拔不掉的东西，所以和人的灵魂也是有直接关联的。巫师可以通过名字来对人本身施加伤害。

这就和我们现代人的想法很不一样了。我们可能会觉得，名字嘛，变来变去的，今天我可以叫小刚，明天可以改名成小红，就是个叫法，和我自己有什么关系呢？但原始人不这么看，他们认为名字很神奇，一旦定下来了，就跟身上长出来的一样，和身体紧紧连接到了一起。所以如果有人叫我的名字，想用这种方式欺负我，就和打了我一拳没什么两样。哪怕是临时取的假名字，也是一样，就像一根无形的绳子，把名字和本人紧紧联系起来。

鲁迅先生在《从百草园到三味书屋》里，也讲了一个故事：

长妈妈曾经讲给我一个故事听：先前，有一个读书人住在古庙里用功，晚间，在院子里纳凉的时候，突然听到有人在叫他。答应着，四面看时，却见一个美女的脸露在墙头上，向他一看，隐去了。他很高兴；但竟给那走来夜谈的老和尚识破了机关。说他脸上有些妖气，一定遇见"美女蛇"了；这是人首蛇身的怪物，能唤人名，倘一答应，夜间便要来吃这人的肉的。他自然吓得要死，而那老和尚却道无妨，给他一个小盒子，说只要放在枕边，便可高枕而卧。他虽然照样办，却总是睡不着，——当然睡不着的。到半夜，果然来了，沙沙沙！门外像是风雨声。他正抖作一团时，却听得豁的一声，一道金光从枕边飞出，外面便什么声音也没有了，那金光也就飞回来，敛在盒子里。后来呢？后来，老和尚说，这是飞蜈蚣，它能吸蛇的脑髓，美女蛇就被它治死了。

　　这条美女蛇害人的方式，和张桂芳、紫金红葫芦是一样的。它之所以能找到书生的住处，就是因为它喊了书生的名字，而书生答应了。既然名字和本人有这样密切的联系，那么这样一来，就像有一条无形的线从书生身上伸出，另一头被它紧紧拉住。无论书生逃到哪里，它都能尾随而来。如果不是飞蜈蚣帮忙，书生就完了。

姓名禁忌在传统文化上，还造成了一个有趣的现象，就是"避讳"。过去的老百姓，对皇帝、大官的名字都要避讳，例如唐太宗名叫李世民，所以唐代人凡是写到"民"字，都写成"人"。《捕蛇者说》里"以俟夫观人风者得焉"里，"人风"其实就是"民风"。假如实在避不过去，就缺一笔，表示尊重。例如宋太祖名叫赵匡胤，宋代的书籍里，遇到"胤"字，都会缺最后一笔竖弯钩。因为恐怕冒犯到尊长本人，所以避免写尊长的名字。

原始人有一套自己的生存法则和世界观，和我们现代人有很多不同之处，虽然现在科技大大进步，社会结构、组织制度等各方面似乎都和原始社会没有关系了，但原始思维仍然保留在我们生活的点点滴滴之中。

如果我们善于发现这些小细节，始终喜欢探索和钻研，相信我们会对这个社会、这个世界有更加深刻的认识和体察。到那时，我们就会体会到古今的联通、人类社会的承续，而不再以简单的"落后"与"进步"去进行粗率的评判。

什么东西能够成为法宝？

　　《封神演义》的一大特征，就是里面各路神仙，不管正邪，都有形形色色的法宝。这些法宝各有威力，互相克制，层出不穷。这也是《封神演义》的魅力所在。那么，这些法宝都是干什么用的？什么东西才有资格成为法宝呢？这一节我们就分类说一说。

　　总的来说，法宝有这样两个特征：第一，它的原型一定是常见的东西，不管是作为武器的剑，还是作为日常用品的镜子，还是作为容器的瓶子、葫芦，绝不会超出"常见品"的范围。

　　第二，这些原型往往会出现在神圣的场合，这样就有了象征意义，被人崇拜，就容易被写成法宝了。

《封神演义》里，有一种常见的法宝就是剑。

剑本来是一种冷兵器，人人都可以佩带。但某些剑，又有超越兵器作用的神奇力量。例如通天教主因为门下弟子被阐教杀伤太多，就拿出镇宫之宝四口神剑，立下一座诛仙阵，要和阐教一决雌雄：

少时，金灵圣母取一包袱，内有四口宝剑，放在案上。教主曰："多宝道人过来，听我吩咐，他既是笑我教不如，你可将此四口宝剑去界牌关摆一诛仙阵，看阐教门下哪一个门人敢进吾阵！如有事时，我自来与他讲。"多宝道人请问老师："此剑有何妙用？"通天教主曰："此剑有四名，一曰诛仙剑，二曰戮仙剑，三曰陷仙剑，四曰绝仙剑。此四剑倒悬门上，发雷震动，剑光一晃，任从他是万劫神仙，也难逃得此难。"昔曾有赞，赞此宝剑。赞曰：非铜非铁又非钢，曾在须弥山下藏。不用阴阳颠倒炼，岂无水火淬锋芒？'诛仙'利，'戮仙'亡，'陷仙'到处起红光，'绝仙'变化无穷妙，大罗神仙血染裳。

这四口神剑威力无穷，不是一般的神仙能对付的。这就不是普通兵器，而是法宝了。阐教这边，教主元始天尊亲自出马，会同他的大师兄老子，二人齐心合力，才破掉了诛仙阵。

《封神演义》里还有很多作为法宝的剑。比如木吒有吴钩宝剑，能自动飞起攻击人。魔家四将中魔礼青有一口青云剑，能够发动烈风、烟火等攻击人。

冷兵器有很多种，为什么经常成为法宝的是剑，而不是刀、枪、锤、戟？这是因为剑本身具有很强的象征意义。它是威权的象征，例如《三国演义》里，诸葛亮初出茅庐，第一次调兵遣将，必须请刘备借给剑、印，才能发号施令。皇帝赐给臣子先斩后奏的权力，是赐他"尚方宝剑"，而不是"尚方宝刀"。在道教里，道士们更把剑神化，师徒相传的重要法器之一，就是剑。

另外，剑比刀古老，在我国传统观念里，越是古老的事物，往往越有神奇的意义。在青铜时代，近战格斗的兵器主要是剑。到了铁器时代，锻造技术不断发展，方便劈砍的刀渐渐取代了剑。剑就退出实战，用于指挥战斗、权力象征等场合了。所以，往往是将领佩剑以指挥，小兵佩刀去打仗。而和剑同样古老的戈、矛、戟，过于长大笨重，无法随身佩带，也就没有这么强烈的象征意义了。

印，也是一种常见的法宝，在《封神演义》里，最有名的当然是广成子的"番天印"，另外火神罗宣还有一颗"照天印"。广成子的番天印只要飞起来，威力无穷，金光圣母、火灵圣母等截教神仙，都死在这颗番天印下；这颗印甚至能把一座高山打成两半。

为什么印会成为法宝呢？因为印就是印章。凡间的帝王、官员行使权力，一定要使用印章。印和剑一样，都是权威的象

征。神仙世界也是一样。神话小说里的印，模仿的就是帝王、官府的印章，是人间的官印、公章所代表的威权。这件东西被神化了，就容易被小说家写成法宝。

印象征威权，这在另一部明代小说《西洋记》里有一个有趣的故事：

茅山的道士有一颗祖传的玉印，据说是宋徽宗所赐，是镇山四宝之一，上面刻着"九老仙都君印"六个大字。明朝的永乐大帝看上了这颗玉印，叫道士献到宫里，想把它改造成一颗传国玉玺。但是这印上原本有字，如果想改成玉玺的话，得把它们磨去，再刻上"奉天承运之宝"六个字。

道士当然不敢违抗，献玉入宫，于是永乐皇帝就找工匠去改刻。哪知道神奇的事情发生了：玉石上的印文看着改成了"奉天承运之宝"，可是蘸上印泥往纸上一盖，拿起来一看，纸上的印文竟然还是"九老仙都君印"。

永乐皇帝生气了，又换工匠再磨再刻，结果无论怎么改，印出来仍然是"九老仙都君印"。永乐皇帝大怒，说这颗印"抗旨不遵"，把它狠狠地摔在地上，还派人打了这方印四十大板。

原来这方印是活的，一次能吃四两朱砂，一印就是一千张纸，所以能自动改印文。结果它挨了四十大板之后，就被打死了，吃不了那么多朱砂，一印只有一张纸，成了一颗平凡的印。永乐皇帝泄了气，再也不提改印的事了。

这个故事的有趣之处在于：在古人看来，印是有生命、有灵性的。不过在皇权面前，印的生命也就不值一提了。

《封神演义》里还有一种镜子类的法宝。例如地位仅次于广成子的赤精子，他有一面阴阳镜。

这面阴阳镜很神奇，一面红，一面白，用白的一面照人，就会把人照得昏死过去；反过来用红的一面照人，就会使人复活。

赤精子把这面镜子送给了自己的得意弟子殷洪。殷洪下山不久，就遇到了四个敌人：庞弘、刘甫、荀章、毕环。殷洪就在他们身上试了试阴阳镜：

> 殷洪怎敌得过二人？心下暗想："吾师曾吩咐，阴阳镜按人生死，今日试他一试。"殷洪把阴阳镜拿在手中，把一边白的对着二人一晃。那二人坐不住鞍鞯，撞下尘埃。殷洪大喜。只见山下又有二人上山来，更是凶恶。一人面如黄金，短发虬须，穿大红，披银甲，坐白马，用大

刀，真是勇猛。殷洪心下甚怯，把镜子对他一晃，那人又跌下鞍鞯。

但殷洪后来要收服这几个人，就用红色的一面照了他们一下，这几个人就苏醒了过来。但是，阴阳镜只能攻击有灵魂的人，哪吒是莲花化身，没有灵魂，阴阳镜对他就无效了。

《封神演义》中还有一位金光圣母，也善于用镜子。她用二十一面镜子布下了一座"金光阵"。只要用镜子一照，就连神仙也会化为脓血，功力堪比激光武器了。

这些镜子法宝，实际上也源于古人对镜子的崇拜。因为镜子对古人来说是个神奇的东西，它可以照到人的影像。而在用原始思维认识世界的古人那里，影像可非同寻常，是人的灵魂的一部分，所以很多人怕照镜子。

直到今天，有些地方的民俗，还有镜子不能对着床的习俗，认为这样会对小孩不利。甚至有些地方不许一岁以下的小孩照镜子。

宋代文学家苏辙在一首《古镜》的诗旁注释道："俗言以镜照人，损己精神。以己之形容曾落镜中，影徙神留，镜去则神俱去矣。"意思就是说：照镜子会把自己的影像留在镜子里，这样就把灵魂带走了。

有些古人不但忌讳照镜子，甚至还不喜欢被画像，认为画像也会把人的灵魂带走。当今的科幻小说《三体》里，还有一个这样的故事：有一位针眼画家，善于画人像，画得栩栩如生，但是只要像一画成，被画的那个人就会消失。这个创意并不是作者刘慈欣的首创，而是源于"画像能够夺人魂魄"的一个古老民俗。

既然镜子有如此大的威力，所以《封神演义》里的阴阳镜就能直接攻击人的灵魂，只对无灵魂的哪吒无效。

《封神演义》里还有一种法宝，就是旗幡。姜子牙捉拿殷郊，使用了素色云界旗、青莲宝色旗、离地焰光旗等，都是相当高级的法宝。而商朝方面，也有"落魂幡""白骨幡""发躁幡"等旗幡类法宝，通天教主还制作了一面"六魂幡"。

旗幡之所以成为法宝，因为它也有一定的神圣意义。朝廷、官府、军队的仪仗里都会大量使用旗幡，象征皇权或军威；而寺庙、道观里，尤其是做法事的时候，也有许多旗幡巍峨高耸，给人以震慑之感，所以古人认为旗有灵是很正常的事。

甚至到了民国时期，还有这样一个笑话：大概在二十世纪二十年代末，当时民间谣传会有大灾难降临，必须佩戴当时的五色国旗才能免灾。于是小孩子个个披着一面五色旗。后来这件事遭到了官方的禁止，老百姓又改成给小孩身上缝布口袋了。

直到今天，有些人还会在汽车上拴一根红布条，祈求出行顺利，这也可以视为旗幡崇拜的一种痕迹。

《封神演义》里还有一种容器型法宝，一般是靠强大的吸力把敌人吸进去。这类法宝里最厉害的，当然是三霄的混元金斗，它的原型是马桶。之前说过，马桶用于接生，自然也有了神圣的象征意义。它既然能够迎接婴儿来到世间，人们就会认为，它一定有强大的吸力。

此外，《封神演义》里的法宝，原型基本上都是在日常生活中能见到的，但都有一定的神圣意义和象征意义。

例如钟和磬。殷郊有一个"落魂钟"，敲起来能夺人魂魄。瘟神吕岳手下的弟子有一个"头疼磬"，顾名思义，敲起来能让人头疼。为什么钟、磬会成为法宝呢？它们虽然都是乐器，但都是经常用于神圣场合的乐器，例如帝王宫殿、寺观道场，所以容易被神化成法宝。

阐教教主元始天尊的随身法宝叫"三宝玉如意"。如意，是文人书房、方丈禅房里常备的物件，尤其是地位尊贵的文人雅士、高僧高道，总喜欢手拿如意，象征高贵的身份，所以如意也具有强烈的神圣意义。平常人家用的烧火棍、苍蝇拍，恐怕就很难成为法宝。

老子在战斗时，头上能够现出玲珑宝塔，用来护身；截教的金灵圣母有一座四象塔，攻击力很强；哪吒的父亲李靖也有一件法宝——黄金宝塔，能够飞起来压人。塔是一种建筑物，是用来埋藏高僧灵骨的，自然在老百姓心目中有一定的神奇性。

所以，总结法宝的功能，可以使我们明白一个道理：读书的时候要善于进行分类与概括。看似简单又微不足道，但实际上，如果我们能灵活运用分类的思维方式，就可以大大提高我们的阅读效率，帮助我们更好地理解文章和书籍所要表达的意思。

分类之后，就要总结概括。稍加概括就会发现，虽然法宝名目繁多，但原型无非就是"常见的事物+神圣的意义"。经过总结之后，我们再读《封神演义》时，就不会单纯陷入那些光怪陆离的情节之中，而有提纲挈领、纲举目张的感觉了。

神兽是怎样炼成的?

《封神演义》里不仅神仙有意思，他们的神兽也有很多故事和讲究。例如姜子牙的坐骑四不像。

姜子牙本来是没有坐骑的，他开始在昆仑山学艺时，下山之后都是步行。后来，他做了周文王的丞相，上战场都骑马。那么，他什么时候得到了这匹四不像呢？这要从纣王派九龙岛四圣征伐西岐说起。

姜子牙在西岐辅佐周文王姬昌，西岐越来越兴盛。纣王坐不住了，就三番五次派兵征伐西岐。其中有一次的主将，就是前面提到过的能呼名落马的张桂芳。

张桂芳和西岐交战，双方互有胜负，相持不下，张桂芳就请求闻太师增援。闻太师就来到九龙岛，请来了他的老朋友九龙岛四圣：王魔、杨森、高友乾、李兴霸。这四位的身材太高大了，都是一丈五六尺高，合今天两层楼的高度，长得也奇形怪状，在街上一走，老百姓都吓得魂不附体。

等到了西岐，四位一起上阵，他们骑着四头怪兽，王魔骑狴犴，杨森骑狻猊，高友乾骑花斑豹，李兴霸骑猙狞。四头怪兽上阵时，书上写道：

> 四兽冲出阵来，子牙两边战将都跌翻下马，连子牙撞下鞍鞯。这些战马经不起那异兽恶气冲来，战马都骨软筋酥。内中只是哪吒风火轮，不能动摇；黄飞虎骑五色神牛，不曾挫锐；以下都跌下马来。

姜子牙骑的马是一匹普通的青鬃马，一看这些张牙舞爪的怪物，吓得把姜子牙跌下马来。旁边的武将，凡是骑马的，也都横七竖八，倒了一地，只有哪吒驾着风火轮，纹丝不动；黄飞虎骑的是五色神牛，也不怕怪兽。

姜子牙一看，这不行，打不过，光坐骑人家就压自己一头。于是他就又上了昆仑山，找他的师父元始天尊去了。元始天尊对姜子牙说："你的坐骑是凡马，人家的是上古神兽，凡马见了神兽，当然害怕。"于是，元始天尊决定提高一下姜子牙的配置，送了他一匹坐骑，说着叫童儿去桃园中牵了一匹神兽来，叫四不像：

麟头豸尾体如龙，足踏祥光至九重。四海九州随意遍，三山五岳霎时逢。

这四不像长着麒麟的头，獬豸的尾巴，獬豸就是一种独角兽，身体好像龙一样。

姜子牙这回鸟枪换炮，有了这匹坐骑，此后他在战场上才没吃过大亏。

那么，这个四不像到底是什么动物呢？这可是一件特别有意思的事。

你可能常听人说起，这个四不像，就是一种国家保护动物，叫麋鹿。今天北京的南海子公园，还有这种动物。为什么叫四不像呢？因为据说这种动物，"似鹿非鹿，似马非马，似牛非牛，似驴非驴"，犄角像鹿，脸像马，蹄子像牛，尾巴像驴。它的学名叫麋鹿，俗名叫四不像。

　　姜子牙什么神兽不能骑，怎么非得骑四不像呢？原来，这件事和麋鹿还真没什么关系，反倒和姜子牙自己有关系。

　　你记不记得，姜子牙在《封神演义》里说，他姓姜名尚，字子牙，道号"飞熊"。他遇见周文王之前，在渭水钓鱼。周文王出来打猎，碰上了姜子牙，和他一谈，觉得这个人真是个人才，就把他带回宫去，让他辅佐周朝。

这件事之前，还有个小故事。很多古书中说，周文王在打猎前，占卜了一下自己打猎的结果，显示会有大的收获，是什么收获呢？原话说：

《史记》曰：太公望以渔钓干周，西伯将出，占之，曰："所获非龙非虎，非熊非罴；所获霸王之辅。西伯果遇太公渭滨。"（《文选·答宾戏》注引《史记》，今本《史记》与此略异，也有写作"非虎非貔"的）

这个"所获非龙非虎，非熊非罴"，指的是周文王得到的猎物不是龙，不是老虎，不是熊，不是罴。罴就是人熊，也叫棕熊。那是什么呢？是帝王的老师、成就霸业的辅佐之臣。

这两句话不只在《史记》中出现过，《六韬》里也有，可见这段情节在古代的知名度是很高的：

卜田渭阳，将大得焉。非熊非罴，非虎非狼。兆曰："得公侯，天遗汝师，以之化昌，施及三王。"（《六韬》）

所以，这两句就成了一个著名的典故。后代就经常用"非龙非虎，非熊非罴"这八个字，代表文王得到了姜子牙。

但是古人写诗做文章，总不能每次都把这八个字说全了。为了方便表述，就截取其中的两个字，比方说，就截"非熊"这两个字，就代表姜子牙了。

这种用法还特别普遍，比如李白，在《大猎赋》里说"载非熊于渭滨"，意思就是周文王在渭水边得到了姜子牙，把他带上车走了。还有和李白齐名的大诗人杜甫，也常常在诗歌中引用这个典故，像《投赠哥舒开府翰二十韵》里就有"轩墀曾宠鹤，畋猎旧非熊"。这是什么意思呢？杜甫写这首诗是为了向将军哥舒翰推荐自己，所以要想办法夸奖对方，于是杜甫在诗中就把哥舒翰比作了周文王的姜子牙。在文人的各种类似引用中，慢慢地，就把"非熊"和姜子牙画上等号了。

所以，《封神演义》里，姜子牙说他道号"飞熊"，其实就是这么来的。并不是"会飞的熊"，而应该是"不是熊"。但是老百姓不管那个，反正这两个字是同音字，干脆，"非熊"就变成了"飞熊"。

于是，在民间说书艺人的口中，像《武王伐纣平话》，飞熊就完完全全变成了"会飞的熊"这个意思：

却说西伯侯夜做一梦，梦见从外飞熊一只，飞来至殿下。文王惊而觉。至明，宣文武至殿，具说此梦。有周公旦善能圆梦。周公曰："此要合注天下将相大贤出世也。梦见熊，更能飞者，谁敢当也？"

这下周文王也不占卜了，改成了做梦，梦见屋外飞来了一只大熊，这只熊就预示他要遇见姜子牙。

姜子牙骑的这个"四不像"，也是从这八个字来的。因为不是说"非龙非虎，非熊非罴"吗？作者一想，这正好编一种怪兽啊，不是龙，不是老虎，不是熊，不是罴，干脆，就叫"四不像"吧！其实这等于姜子牙自己骑自己。

所以说，姜子牙这个四不像，根本不是什么上古神兽，也不是什么珍稀动物，而是来自一句古书的话。这句话本来没什么，在民间传得久了，竟然变成了一个有意无意的误会，还一分为二，先是变成了姜子牙的道号，后来又变成了一种怪兽。由此可见，民间口头传播的能力是多么强大！

甚至《封神演义》里投奔西岐的武成王黄飞虎，也是这么来的。历史上没有黄飞虎这个人。在历史上，"武成王"本来是姜子牙的封号。唐朝上元元年，也就是公元761年，唐肃宗认为姜子牙值得纪念，就追封他为武成王。结果到了《封神演义》里，作者要编故事，要新编一些人物，干脆，把姜子牙这个"武成王"给别人吧。叫什么呢？不是有句形容姜子牙的话"非龙非虎"吗？干脆，就叫"黄飞虎"吧！

所以，黄飞虎也是从姜子牙身上分离出来的，是通过一个有意无意的误会造出来的。

有了"黄飞虎"，那么他弟弟的名字也依此类推，叫"黄飞彪""黄飞豹"，这样，从非熊到飞熊，再到非虎和飞虎，最后到飞豹，这些名字距离原来的含义越来越远。

这个现象听起来好像挺无聊的，我们可能会想：原来这几个形象是这么来的！我们知道这些有什么用呢？

有用。这告诉我们一件事：很多传统文化中的细节，源于民间的口头传播；而口头传播，是很容易造成误会的。很多文化现象的本源，其实是一些误会。

有一个有趣的故事。春秋时期，吴国有一个著名的大臣叫伍子胥。伍子胥原本是楚国人，全家被楚王害了，就逃到吴国，带兵杀到楚国报仇雪恨。他本来很忠于吴国，结果被人陷害而死。他死后，人们纪念他，就信奉他是潮神。每年浙江钱塘江大潮，大家就认为伍子胥来了。老百姓还给他修了庙，叫伍子胥庙。

东汉王充的《论衡》把这个民俗观念写得很清楚：

> 传书言：吴王夫差杀伍子胥，煮之于镬，乃以鸱夷橐投之于江。子胥恚恨，驱水为涛，以溺杀人。今时会稽、丹徒、大江、钱塘、浙江，皆立子胥庙。盖欲慰其恨心，止其猛涛也。

可以看出，早在汉代，人们就认为钱塘江的怒潮是伍子胥愤恨的力量化成的，所以要给他立庙，以让他开心一些，这样人们也就能免受其害。

后来，唐朝之后，又有个人出名了，就是大诗人杜甫。人们纪念杜甫，也给杜甫修了一个庙。杜甫生前当过一个官，叫"左拾遗"。这是给皇帝提意见的官，有两个，左拾遗和右拾遗。拾遗，大概意思就是皇帝没注意到的事情，你得捡起来，提醒皇帝。古人喜欢用官名称呼别人，所以杜甫又叫"杜拾遗"，杜甫的庙自然就叫"杜拾遗庙"。

有一座城，里面就有两座庙，一座伍子胥庙，一座杜拾遗庙。哪知道年头一久，老百姓不知道里面供的是谁了。这两个人虽然是历史名人，但没有文化的还真未必知道。伍子胥和杜拾遗这几个字，老百姓也不懂是什么意思。所以这两个名字传来传去就变了。这个庙里的神叫"伍髭须"。"髭须"就是胡子，人们就给神像粘上五绺长胡子。那个庙里的神，叫"杜十姨"，是个女的，反正杜甫的像时间一长也没胡子了，看不出男女。但是，既然有十姨，那么大姨、二姨、三姨、四姨一直到九姨，都去哪儿了呢？对不起，不知道。

这还不算完，又过了不少年，人们一看，咦，这个伍髭须没有老婆，那个杜十姨没有丈夫，干脆，并一起得了。这个神奇的想法在南宋的时候就已经产生了：

温州有土地：杜十姨无夫、五撮须相公无妇。州人迎杜十姨以配五撮须，合为一庙。杜十姨为谁，乃杜拾遗也。五撮须为谁，乃伍子胥也。少陵有灵，必对子胥笑曰："尔尚有相公之称，我乃为十姨，岂不雌我耶？"（俞琰《席上腐谈》）

人们把伍髭须（或者五撮须）和杜十姨（或者杜拾姨）的神像搬到一个庙里，好，一个大忠臣伍子胥，一个大诗人杜甫，两个人结婚了！

这还不算完，杜十姨这个名字里因为有个数字，人们就又开始琢磨了，这个"十"不一定是排名第十的意思，也可能表示十个人。于是，就又出现了这样的说法：

> 十姨庙，在杜曲西，未知建于何代。芝楣桂栋，椒壁兰帷。中塑十女子，翠羽明珰，并皆殊色。（沈起凤《谐铎》之《十姨庙》）

这个场景出现在清代一个小说家沈起凤的作品《谐铎》里，竟然把大家常说的"杜十姨"改成了十位仙女。一个书生进庙，遭到了十位仙女的调戏，后来真正的杜拾遗显灵了：

> 忽一人冠带而来，某（书生）乘机搁笑。十姨趋侍左右，某人据案而坐曰："吾浣花溪杜拾遗也。自唐时庙祀于此，不意村俗无知，误拾遗为十娘，遂令巾帼流，纷纷鸩踞。犹以汝辈稍知风雅，故尔暂容庑下，乃引逗白腹儿郎，以粪土污我墙壁。自今以后，速避三舍。勿谓杜家白柄长镵，不锐于平章剑铓也。"……后士人尽毁女像，仍

祀杜拾遗于庙。

这篇小说相当于拿"杜十姨"的民俗观念开了个玩笑，故事里不仅有十个杜姨娘，还有杜拾遗本尊。从最开始的伍子胥和杜甫，以讹传讹，一直传到清代小说中的十个仙女，足见偏差有多大、"误会"有多深了。这个过程，和"四不像"的来历很像。

我们平时学的大多数知识，都有非常合乎逻辑的来历。一个知识点，或者一个文化现象，是怎么发展的、变化的，教材上会给你讲得清清楚楚。但是，我们还应该知道，世界上还有许多文化现象，是没有确切的逻辑的，可能只是一些误会。我们知道的各路神仙，也许并没有神奇的来历，也许只是源于误会。我们一定要正视这种现象，不要把什么事情都神圣化，不要认为经典就是不可怀疑的。但是，也要尊重这种现象，比如，我们不能因为姜子牙的道号和坐骑是这么来的，就说"哎呀，《封神演义》没水平，以后不看了"，这个态度是不对的。

封神演义里有哪些小人物?

　　我们看电影、电视剧时都知道，里面的角色分为主角和配角，主角里通常有男一号、女一号，配角也按照出场顺序和重要性有一个大致的排序。

　　小说中的人物类型大致也可以这样划分。前面我们讲了很多《封神演义》里的重要人物，有在各自的故事里唱主角的哪吒、姜子牙、闻太师，也有各个关键配角，比如三霄娘娘、哼哈二将、张桂芳等。这些人物，基本上都是家喻户晓的。本书最后一讲，我们来讲几个小人物，看看他们在《封神演义》里是什么地位。

　　首先我们从东海龙王三太子敖丙开始。

因为哪吒的故事被改编成各种动画片等，敖丙这个人物成为故事主角，很多小朋友都很想知道敖丙的来历。其实结果可能会令人有点失望。因为我们翻开原著就会发现，敖丙其实没什么故事，书里就说他是东海龙王三太子，因为哪吒打死了巡海夜叉，他出来报仇：

> 哪吒起身看着水，言曰："好大水！好大水！"只见波浪中现一水兽，兽上坐一人，全装服色，持戟骁雄，大叫曰："是甚人打死我巡海夜叉李艮？"哪吒曰："是我。"敖丙一见，问曰："你是谁人？"哪吒答曰："我乃陈塘关李靖第三子哪吒是也。俺父亲镇守此间，乃一镇之主。我在此避暑洗澡，与他无干，他来骂我，我打死了他，也无妨。"三太子敖丙大惊曰："好泼贼！夜叉李艮乃天王点差，你敢大胆将他打死，尚敢撒泼乱言！"太子将画戟便刺，来取哪吒。

三太子敖丙给自己宫里的夜叉报仇，这很正当，没什么好说的；哪吒做事也是非常冲动，有点寻衅滋事的意思，于是，二人就打了起来：

三太子大叫一声："气杀我！好泼贼！这等无礼！"
又一戟刺来。哪吒急了，把七尺混天绫望空一展，似火块
千团往下一裹，将三太子裹下逼水兽来。哪吒抢一步赶上
去，一脚踏住敖丙的颈项，提起乾坤圈照顶门一下，把三
太子的元身打出，是一条龙，在地上挺直。哪吒曰："打
出这小龙的本像来了。也罢，把他的筋抽去，做一条龙筋
绦，与俺父亲束甲。"

　　可见《封神演义》中的三太子敖丙武力值很弱，相当于他
只和哪吒交战两个回合就败下阵来。哪吒把他用混天绫捆住，
把他龙筋抽出来，就完事了。这个人物前面也没出现过，后面
也再没出现过。在早期版本的《封神演义》里，他连封神榜都
没有上去，满打满算，他的故事不到五六百字。

　　其实敖丙在《封神演义》里，就是为了衬托哪吒的形象出
现的，一句话，作者写他，就是为了让他挨揍的。

　　二十世纪出现了各种电影、电视剧、连环画，敖丙的故事
多了一些，但是通常是这样的：东海龙王想吃童男童女，就叫
敖丙上岸去抢，正好叫哪吒碰上。哪吒就把敖丙打死了，抽了
龙筋。在这个故事里，敖丙成了一个大坏蛋。

201

　　但是，别看这样一改，把敖丙改成坏人了，其实这个故事反倒合理了。因为这个故事的主人公是哪吒，必须讲他的英雄故事。但是原著里，哪吒把敖丙打死，没有什么理由，只是一场非常简单的冲突，甚至哪吒自己还有过错，是他先在海水里洗澡，把水晶宫晃动了。这时候他把敖丙打死，就有点破坏了英雄的形象。而敖丙的形象也不鲜明，死得太窝囊了。

通过电影、电视剧、连环画的演绎，哪吒的故事逐渐丰满，敖丙的形象也发生了很大变化，他的形象也越来越鲜明，越来越能让人记住了。

《封神演义》原著里，还有一个申公豹。

在原著里，申公豹是姜子牙的死对头。姜子牙帮西岐，申公豹就帮商朝。他到处策反，到处挑事，和姜子牙作对。但是他为什么和姜子牙作对呢？原著并没有说。

原著里，姜子牙的师父元始天尊赐给他封神榜，叫他下山完成辅佐武王灭商的大业，功成之后主持封神。姜子牙出门就碰上了申公豹，没承想，二人虽是师兄弟，却完全是两条路上的车。申公豹一上来就劝姜子牙投奔纣王：

  申公豹曰："师兄，你如今保哪个？"子牙笑曰："贤弟，你说混话！我在西岐身居相位，文王托孤，我立武王，三分天下周土已得二分，八百诸侯悦而归周。吾今保武王，灭纣王，正应上天垂象。岂不知凤鸣岐山，兆应真名之主。今武王德配尧、舜，仁合天心；况成汤旺气黯然，此一传而尽。贤弟反问，却是为何？"申公豹曰：

"你说成汤旺气已尽，我如今下山保成汤，扶纣王。子牙，你要扶周，我和你掣肘。"子牙曰："贤弟，你说哪里话。师尊严命，怎敢有违？"申公豹曰："子牙，我有一言奉禀，你听我说，有一全美之法，倒不如同我保纣灭周。一来你我弟兄同心合意，二来你我弟兄又不至参商，此不是两全之道，你意下如何？"

之前在讲殷郊的时候，我们对申公豹可能还有点印象，他特别喜欢搞策反工作。可惜，这招对意志坚定的姜子牙不灵。姜子牙并没有被说动。申公豹就使出了绝招。他说："我法术比你厉害，我能把脑袋割下来，扔在空中，转一大圈，还能长上。"姜子牙不信，要他现场表演，并说你要是能做到，我就烧了封神榜，跟你一起走。申公豹立即拔出宝剑，把脑袋砍下来了，往天上一扔：

申公豹去了道巾，执剑在手，左手提住青丝，右手将剑一刎，把头割将下来，其身不倒，复将头望空中一掷，那颗头盘盘旋旋只管上去了。子牙乃忠厚君子，仰面呆看，其头旋得只见一些黑影。

眼看着申公豹的头越飞越远，幸亏来了一个神仙，叫南极仙翁，放出一只仙鹤，把申公豹的脑袋叼走了，还叫姜子牙不要受申公豹的迷惑。姜子牙这才醒悟过来。但是他心地善良，不忍心看着申公豹死，就向南极仙翁求情。南极仙翁这才让仙鹤把申公豹脑袋叼回来。申公豹怀恨在心，从此发誓和姜子牙作对。

这个故事当然很有意思，申公豹的脑袋能到处飞，也挺热闹的。但是，问题是：申公豹为什么要表演这个本领呢？它和故事有什么关系呢？而且最关键的是：他为什么要和姜子牙作对呢？

这些问题，原著都没讲。但是你发现没有，今天电影、电视剧里的申公豹，当反派的理由就充分多了。在很多电视剧里，他是因为嫉妒姜子牙，才和他作对的。

和现在的电影、电视剧一比较，我们就能发现原著里的申公豹其实挺"粗制滥造"的。可能因为他只是个小人物，所以作者并没有在他身上费什么心思，有这么个反派人物就可以了。

《封神演义》原著里，这样的粗糙人物很多，甚至有些人物写得有头无尾。例如截教有位彩云仙子，和三霄一起出现，和阐教作对，最后被哪吒刺死。死后，书上说她"一道灵魂往封神台而去"。哪知道在结局大封神的时候，彩云仙子并没有出现在"封神榜"里，作者竟然把这个人给忘了！

所以，敖丙也好，申公豹也好，彩云仙子也好，《封神演义》的作者是把他们当成"工具"来处理的，可以叫"工具性人物"。

工具性人物，在文学作品里是必不可少的。作者塑造这个人物，就是为了达到某种目的，用完了就不管了。一般就是为了推动情节的发展，给主人公提供陪衬，所以工具性人物要么就是挨揍，要么就是制造麻烦，要么就是体现主人公的能力。如果作者不太用心的话，很容易写得扁平化，没有什么人物设定，也没有什么特殊的故事情节，甚至写着写着把他忘掉都有可能。

工具性人物在其他文学作品里也有，比如在《西游记》里，到蟠桃园摘桃的七仙女，任务就是为了告诉孙悟空：这次蟠桃会没请你。七仙女也没什么性格，出场就为了说句话。又比如《三国演义》里，有一个故事叫关羽温酒斩华雄。华雄虽然武功高强，但也没表现出来，他出场就是为了给关公送脑袋来的，只为体现关公的神勇。

《封神演义》并不是一部完美的作品，它虽然想象力丰富，故事设定宏大，但是文笔实在很一般，作者讲故事的能力也实在一般。

《封神演义》是有自己的弱点的，但是，它也有特别突出的一面，就是它发明了一种宏大的设定，也就是神界分正邪两大派系，各帮助人间的一方，互相争斗的模式。这种模式，影响了后代的很多小说，直到今天的各种网络小说，仍然从《封神演义》里汲取了很多经验。

所以，经典不是僵死不变的，而是在永恒地发展的。我们要把《封神演义》看成一条流淌着的历史长河，而不应该只看成一本书。封神故事，从三千年前的武王伐纣开始，就已经在民间流传了。到了明代的时候，已经发展成一个丰富的精彩的故事集。但是，它还有弱点，还有不足，还要继续发展下去，而今天的各种影视，也是这个经典中重要的一环。《封神演义》这本书里讲的故事，已经离武王伐纣的真实历史很远了。我们今天讲的各种"封神"故事，也离《封神演义》这本书已经很远了。我相信，几百年后再讲"封神"故事，可能离今天的故事一样很远，但这正是经典的魅力，永恒生长的魅力！

后　记

　　《封神演义》是一部著名中国古典小说，描写了商周之交的历史与神话故事。故事围绕着武王伐纣的史实和商纣王与姜子牙、哪吒等人物形象展开，涉及神话传说、人性善恶、权谋斗争等多个方面，融合了神话、历史、文学等元素，是明代神魔小说中仅次于《西游记》的作品。

　　《封神演义》最吸引人的，就是其中的神话传说、法术法宝、神仙妖魔。这些元素并不是作者一时突发奇想创造出来的，而是有深刻的背景和悠久的传统，例如妲己的九尾狐传说、张桂芳的呼名落马之术、阐截二教的背景设计等……这些或展现了古人对于超自然力量的想象与崇拜，或展现了故事情节背后的原始思维，或体现了明代当时的社会格局。这本小书通过对这些神秘元素的解读，可以让孩子了解到中国古人的精神世界，以及神奇荒诞故事背后的科学逻辑。

《封神演义》也塑造了一系列精彩的人物，例如姜子牙，老来发迹，时来运转，他代表的是一个底层人物逆袭的故事。哪吒则是一位颇具叛逆性格的英雄，他剔骨还父、割肉还母的行为，可以解读为英雄的死亡和重生，符合全世界英雄神话的成长模式。而殷郊则是一个极其复杂的反派形象，他的遭遇令人同情，他下山之后的背弃诺言，却又体现了人性在命运面前的无奈和坚持。除此之外，还有众多神灵妖魔、忠义之士，也都可圈可点，共同构成了一部丰富多姿的神仙谱。近代民间，甚至当今的网络文学，一提到神仙体系，必以《封神演义》的系统为蓝本，绝非没有道理。

不过，《封神演义》毕竟不是一部成熟的作品，它在写作上的诸多缺陷，使它还不能跃升到一流古典小说之列。它故事雷同，文笔粗糙，大量人物面目模糊，甚至情节上有许许多多的"bug"。不过这没有关系，因为我个人的看法是：《封神演义》不像《西游记》，是前代西游故事的集大成之作，反而像一个勇敢的开创者。它的阐截两派操控历史的宏大架构，以及试图设计整个神仙世界的野心，在整个古代小说史上是独一无二的。某种程度上，《封神演义》比《西游记》更具有现代性。所以，今天玄幻、仙侠主题的小说、影视、游戏，无不从《封神演义》中吸取营养而蔚为大观。所以，"但开风气不为师"，对孩子来说，这部书仍然有很大的阅读价值。

感谢责任编辑王苗老师和天天出版社，希望孩子们能通过这本小书的引领，在《封神演义》的世界里自由探索；更重要的是，希望这本小书能够成为打开孩子想象力的钥匙，站在原著的肩膀上，去开启一个更加绚烂的世界。

李天飞

2024 年 3 月 28 日